# 入骨相思

## 女法医勘查手记

火罐大公举　著

天津出版传媒集团
天津人民出版社

**图书在版编目（CIP）数据**

入骨相思：女法医勘查手记 / 火罐大公举著. —
天津：天津人民出版社, 2018.6
ISBN 978-7-201-13698-1

Ⅰ. ①入… Ⅱ. ①火… Ⅲ. ①长篇小说—中国—当代
Ⅳ. ①I247.5

中国版本图书馆CIP数据核字（2018）第137322号

**入骨相思：女法医勘查手记**
RU GU XIANG SI: NV FA YI KAN CHA SHOU JI

出　　版　天津人民出版社
作　　者　火罐大公举
地　　址　天津市和平区西康路35号康岳大厦
邮　　编　300051
邮购电话　（022）23332469
网　　址　http://www.tjrmcbs.com
电子信箱　tjrmcbs@126.com

责任编辑　刘子伯
策划编辑　张　慧
特约编辑　张　敏
文字校对　孔志敏

印　　刷　三河市嵩川印刷有限公司
经　　销　新华书店
开　　本　880 × 1230毫米　1/32
印　　张　9
字　　数　190千字
版次印次　2018年6月第1版　2018年6月第1次印刷
定　　价　36.00元

# 目 录
CONTENTS

# 游 戏 厅

—— 入骨相思 ——

它就像一个潘多拉魔盒，

但比装着灾难和瘟疫更令人唏嘘的是，

里面装着的，是无数花季少年的迷途之心。

# 一

那是一个卷闸降下三分之一、大门永远只开半边的地方，昏黄的灯光和8位机的电子音乐，震动着目光迷离的年轻人的耳膜，将一双双充血的眼球聚焦在各式各样光怪陆离的电子屏幕上。空气很有些浑浊，这种二手尼古丁带来的乌烟瘴气会给每一个逃学的少年别样的镇静，所以说，连有执照的游戏厅尚且都有抽烟的未成年人，而且屡禁不止，更何况是一家黑游戏厅。

一个剪着斜发帘的小男生买游戏机币的时候，跟收钱的老头儿叨了一句："不知哪里有股臭味。"

老头装着没听见，只耸了耸鼻子，然后不动声色地把一摞游戏币推在桌角。

但是柜台旁几个打游戏的人也听见了，也开始纷纷附和："是有臭味！""是什么味道？太臭了！"

"太臭了！"这句话仿佛一种依靠空气作为传播介质的传染病，一下子传遍了游戏厅的角角落落。

老头坐不住了，锁上抽屉，走出了柜台，在游戏厅里转了转：“好像是有死老鼠的味道？”

一直站在角落阴影里的四肢发达、杀气腾腾的男人也回应道：“嗯，都闻到好几天了。你们这些人一整天吃喝拉撒都在这儿，有个把死老鼠也很正常啊！”

“老邢啊，你这搞清洁的没有做到位，都有死老鼠了，今天味道越发大了，不找出来不行，太臭了！”老头又向一个收拾桌子的中年男人喊道。

“对啊，这么臭，简直了！待不下去了！”一个金发少年霍地站了起来。几个少年也停下了游戏，摁灭了手中的香烟，纷纷加入了找死老鼠的行列。

失去了烟雾的屏障，死老鼠的气味越发浓重。老头似一条猎犬耸着鼻子到处转悠，想要把死老鼠气味的来源嗅出来。不多时，几个鼻子特别灵敏的人聚在了一台游戏机前，这是一台关闭的“雪人兄弟”。其他的人有种从众心理，也一下子围了过来。

“老齐叔，会不会就是这台游戏机有鬼？”杀气腾腾的男人跟老头说，“现在我们三个管理员，就你懂，快打开看看。”

电子游戏厅时常会这样，不会所有的机器都开着，如果顾客需要玩，才自行插电。显然这台游戏机有一段日子没人玩了。老齐叔呲着一口黄牙，露出慈爱的笑容说：“林黑脸，我女儿小时候最爱玩这个，现在的孩子太年轻，这游戏也老了。”他说罢，拍了几下游戏机，一只苍蝇飞了出来，绕着老齐叔飞，他挥手赶了赶苍蝇，苍蝇飞出不远又飞了回来。他又把游戏机推离墙壁，露出一个更大的间隙，几个人同时都捂住了鼻子。

老齐叔喃喃自语道："死老鼠肯定就在这里面，也不知道把线路咬坏了没有，要是咬坏了得叫人来修……"

## 二

游戏机的后盖板是被 20 颗螺丝钉住的，老齐叔用电动螺丝刀慢慢地把螺丝起出来，每起出一颗螺丝，臭味似乎就加重了一分，到最后，臭味竟像变成了实体，像一只手一样牢牢地扼住了每个人的脖子，使人每一次呼吸都变得困难。

老齐叔憋着气打开游戏机的后盖板，先是一张满是血污的肿大的人脸映入眼帘，失去后盖板阻挡的半截滚圆的身子顺势就倒了下来……老齐叔瞬间瘫软如泥歪在地上，尸体正好倒在老齐叔肚子上面，布满灰白色小圆洞的脸上，一双凸出的眼球盯着老齐叔。

"啊！啊！啊！"老齐叔瞪大了眼睛失控大叫。嗡的一声，又有一群沾满尸臭的绿蝇飞了出来。游戏厅的客人们惊恐四散，只有几个胆子大的留了下来，想看看到底发生了什么事。

林黑脸本也害怕，但是为了对得起一脸凶相，他壮着胆子去把老齐叔使劲儿拽了出来，光了一只脚的老齐叔突然叫道："我的鞋子还在里面！被压住了。"

“还管什么鞋子！”老邢劝道。老齐叔不听：“是我女儿送我的生日礼物……”其他人自然是不会帮他取出鞋子，所以他闭着眼，怯生生地伸出了一只脚，把尸体试探地踹了一下，想让他翻个身，然后自己取回鞋子。见尸体不动，老齐叔加了劲儿又踹了一脚……结果，本就圆滚滚的尸体似乎发生了一点不寻常的抖动……

砰！随着一声巨响，尸体的肚皮炸裂，圆滚滚的尸体一下子瘪了下来。

“这尸体是炸了吧？”在场的人都目瞪口呆，只有林黑脸憋出了一句话，但是没有人搭理他，有几个人吓得退在一旁干呕不止。

缓过气来，林黑脸和老邢拖了老齐叔一起往门口抢去，三分之一扇门一时间成了一扇可以离开地狱的大门。

老邢对老齐叔说：“被尸水沾了身，除了恶臭，还会败运，你快去找点柚子叶煮水洗澡，能够除臭避邪。”

老齐叔茫然地看着老邢，老邢大声重复，老齐叔机械地点了点头。老邢又向林黑脸道：“我们也得洗洗。”

先前从黑游戏厅出来的孩子们也意识到里面出事了，他们竟还三三两两凑到门前往里面窥探。

人群中有人说：“好像是死了人。”

一个黑衣裙的少女闻言也往里看了看，借着店里的光线，她看得比较真切：“有半截人吊在角落的那台游戏机上，瘪瘪的。”她像说一个遥远的事不关己的故事一样，又补充说：“那台‘雪人兄弟’，我早几天还玩过。”

“报警吧！”仓皇之中不知是谁提了个醒。

## 三

我向来喜欢那种过一天撕一张的老日历，很有过日子的仪式感，可是近来几个案子忙得不可开交，好些日子没顾得上撕了，生怕周东篱发现后又要发作，所以得了空我就坐在靠墙的桌角上，一张一张地撕日历。

撕得差不多了，我回头看了一眼一起值夜班的一大队大队长周东篱，“周队啊，今天是几月几日？”我生怕自己撕过头了。

周东篱抬腕看着那只超老土的带日历的黑色 Pro Trek 说：“现在是 2016 年 8 月 16 日，19 点 50 分。”

他还特意对我解释这只手表，那可是难得的一脸爱恋的表情，“我爱这个表，因为它扛摔。”

我以为他对我有所暗示，一向言辞不羁的我竟是迎合了他说：“哦，我也是一个扛摔的女人，被现实那啥成这个样子，我还是勇敢地活着。”

周东篱抬起头来，匪夷所思地看着我说：“我说这个表扛摔，你不要误会，这不是粗口，就是适应性好的意思。”

我老脸一红，“是你误会了吧，我也是说自己适应性好的意思。”

他没再说话，我把日历纸撕得来回作响，一直撕到了今天——2016 年 8 月 16 日，日历上写着“日值岁破，诸事不宜”。

这时一阵仓促的电话铃声就像石头投入了如水的夜凉之中，一圈一圈的涟漪泛了起来，整个局子都变得不平静。周东篱接起了电话："是，马上出发。"我的心也悬在了嗓子眼。他挂了电话，看了我一眼说："小刘，别撕了，简支队长来电话了，有大案子，去宿舍把炸两也叫醒。马上出发！"能打到这里来，当然是大案子，一大队是负责大案要案的。

"炸两这不才刚出差回来吗？"我提醒他。

"信不信我把你退回去？还不快去叫！"周东篱毫无商量的余地。

他就是嘴上说说而已，他哪里舍得把我退回去！我本来是负责刑事技术的三大队里的法医，占着三大队的编制，却长期"借"给了一大队，理由是一大队没有女侦查员，办起大案要案来不方便。我的意思是我们支队和大队里的领导达成了共识：一个不能兼任大案要案女侦查员的法医不是刑警队的好姑娘。

"得，我顺便去拿我的箱子。"说着我跑了出去。刑事警察支队一大队在江州市公安局大楼的10楼，值班宿舍在过道倒数第2间，我的法医勘查箱则放在过道倒数第1间。所以我跑过去的时候直接猛地用拳头砸了几下门，当然，这是很忌讳、很不礼貌的——但是，这是刑事警察支队啊，所以百无禁忌！

"炸两！炸两！快起来！"听到里面有人含混不清地应我，我就直接去取了箱子。我取到箱子之后，炸两睡眼惺忪地开了门，"怎么啦？"

"有案子，快走吧！"我看了看他，一身装束已经齐齐整整，我用手捶了下他，"行啊！够快的啊！"其实他就是穿着制服睡的，因此衣服都不用换，也不是谁都敢穿制服睡的，要是把制服睡成腌菜一样，那可损坏集体形象了。但炸两身怀绝技，能够一动不动，睡完一觉制服上连个多余的褶皱都没有，估摸这人甚至能睡绳子。

周东篱已经等在了停车场。炸两一看见脸阴阴的周东篱，已经清醒了大半，瞥了一眼我手中的箱子，“依依，你还拿这个箱子……”

我还没来得及回答，周东篱就冲我发火：“我说过多少遍了，不要拿那个紫色的勘查箱跟着我！”

我也没好气地把箱子扔进了车子的后备箱，啪地盖上说：“这不是紫色，是粉红色。”准确来说我箱子的颜色是一种不饱和的亮红色，就像正红色里糅进了大量的亮白色，寓意其实也很好，犯罪现场有血，是红色，亮白色是破晓，是曙光，因此，粉红色就是能破案的意思。这是心理暗示，也是期望定律。当然就连区分紫色和粉红色这么浅层次的东西都搞不明白的话，也不奢求像周东篱他们这种人能理解这箱子对我的特殊意义了。

我立即换了种态度，甜腻腻地撒娇道：“我缺火，算命先生说了，我出现场必须要用粉红色的。再说，没用队里半毛钱经费。”

周东篱也缓和了：“那又怎样？”

我背过身子，偷偷翻了个大白眼说：“那就跟你没有半……没有很大的关系。”

炸两开车，我坐在副驾驶室，周东篱坐在后排，因我刚抬了杠，所以跟他一路无话。虽然周东篱长着一副好皮相，但我并不想跟他一班，因为我们大队里分三班，但只有他当班的时候，总有这个案那个案发生，别不信邪，事实就是这样。

“你读书的时候，有没有去过这地方？”为了缓解气氛，经常当和事佬的炸两突然找到了话题。

我神游已久。“啥地方？”

“就是发生案子的地方，”他顿了顿说，“游戏厅呀。”

“少来！这是游戏厅么？这是黑游戏厅！”我加重了语气说那个“黑”字。不过我们十多岁的时候，通俗的叫法都是叫“机室”。

炸两乐了，“对对对，就是黑游戏厅，不满 18 岁，当年你也就只能去黑游戏厅！”

“《拳皇 97》，我能一命通关，你说呢，”我挑衅地看了看他，“话说回来，有什么人没去过呢？”

“《拳皇 97》？你几岁？”炸两一下揪住了我的小辫子，更乐了。

我翻了一个白眼，自忖岁数真不小了。

炸两急打了一个弯，我的元神都差点被晃了出来。车子驶进了风情酒吧街。

## 四

在江州市，这条酒吧街算是最具风情的，因为江州市的中心城区也就是桃江区，是被江州的母亲河——桃花江分割成多个区域的，那桃花江犹如一个横着的字母“Y”，开口向西南，靠北的支流叫桃姑娘江，靠南的支流叫桃郎君江，而风情酒吧街就在支流交汇处的南岸，也算是名副其实，风景一边独好。风情酒吧街上都是仿古建筑，一朵朵大阳伞开在夜色之中，酒吧门外藤椅上歇息了一些锦衣夜行的人。“楼梯间的午茶”酒吧，就开在这条酒吧街的尽头，它就是炸两经常会提到的“老地方”，特点是闹中取静，还有一个特点是它的名字，明明叫“午茶”，实则是“酒吧”。风情酒吧街有点像“丁”字的结构，酒吧街的尽头是一片尚未开发的田野，所以“楼梯间的午茶”的位置相当于“丁”字顶上的那一横。但在这一横前面，却能给某些生意天然的便利。

比如，电子游戏厅。不知什么时候开始，这一横的左端就开了一家电子游戏厅，这家游戏厅并无明显的招牌，进出的人却不少。

一个身穿黑衣裙、妆容闪闪发光的少女轻快地经过，又折返到电子游戏厅门口一辆换代名车旁停了下来，她拿起后备箱上半瓶喝过的矿泉水，仔细看了看牌子又放了回去，犹豫片刻又利索地拿了起来，一拉车门坐进了副驾驶室，只在空气中留下一丝幽香。

“她在看什么？”我好奇地戳了戳身旁的炸两。

“当然是看价目表。”

“什么价目表？”

“这是一瓶形状很像屈臣氏的山寨矿泉水，杂牌矿泉水 200，屈臣氏 300，果汁汽水 400，红牛 600。”

“你还真清楚啊。”

“都是道听途说，没有实战经验。”

“蒙谁呢。”话到了嘴边我咽了回去，对，那也是，他还得先有辆名车，所以我给了炸两一个意味深长的飞眼。

说话间，那辆车就像动物世界里囫囵吞进活物的蛇，融为一体的瞬间有了不协调的生气，引擎发动，加装了响嘴的排气管喷出一股烟雾，轰轰轰地扬长而去。

目击这一幕的炸两说：“那肯定是辆套牌车。”

虽然我也知道那十有八九就是套牌车，我们江州市是在经济发达的广省啊，那些边远省份的名车被一些外形非主流的小年轻开着在这里招摇过市，不是套牌车又是什么？但我还是嘴硬：“无凭无据，我看你这是嫉妒吧。”

炸两冷哼一声道：“再不济也不会嫉妒人家约飞妹吧！要是我女儿这样，看我不打断她的腿！”

“首先你得有个固定的女朋友，然后结个婚……”周东篱保持一贯的冷漠，我和炸两拌着嘴，各自推开了车门。

这就是那家出事的电子游戏厅。没有车门的阻隔，我们听见喧沸的人声早已炸开了……

“杀人啦！”“杀人啦！”

估计已经喊了一段时间，但热度还没有消去。其实在那些丧失了价值观的非主流的人群里，杀人这种事情，并没有不祥的或是恐怖的意味，他们反而把这当成了一种刺激，一种热闹，久久没有散去，像刚才从游戏厅出来的那个神情漠然的黑衣裙少女，照例会找辆豪车去风花雪月。我想起我那年代的语文课本，最常“霸屏”的鲁迅先生写过的“无聊的看客”，看着活生生的同胞遇害，表情也是那样的麻木不仁，这样的境况才迫使鲁迅先生弃医从文，只是当时十多岁的我又怎么能理解如此厚重的家国情怀？

我是个警察，也是个法医，我时时提醒自己，要理智多一些，情怀少一些。只要使命所在，在凶案现场，永远是要逆着惊慌逃散的人流而上。辖区派出所的警察已经先我们一步抵达，疏散了现场的无关人员，并拉好了警戒带。周东篱稍稍提起警戒带，我们钻了进去。

## 五

因为游戏厅里的旧式游戏机过去用的是阴极射线管显示器，现在则是用液晶显示器，所以游戏机的机箱里面空间更大，只不过是为了保持跟以前一样的规整，用了大的机箱，但也不排除很多机子是用淘汰的旧机箱改装的，所以保持了原来的尺寸。在这样的尺寸之下，别说藏一具尸体，就是藏个几具，也不在话下。

辖区派出所的同事把接案后的情形跟周东篱说了说，几个刑警的哥们儿动手帮我把那具已经高度腐败的尸体的另外半截也从游戏机里弄了出来，尸臭早已冲破尼古丁的气味弥漫了整个空间。由于尸体已经高度腐败，惊惶失措之际还真没人认出他是谁。

后来林黑脸“啊”了一声，说：“这是我表兄贾梅云！这条裤子还是他特意挑了去见女网友的，他还问过我好不好看，银色缎面的，我觉得太浮夸，但有点印象。”根据衣物，初步判定死者是电子游戏厅的老板贾梅云。

周东篱安排人员拍照中心现场，几个技术人员在各个重点地方开始分头忙了起来，紫外线灯也开始在各个角落里照射。

炸两拢了勘查的情况向周东篱汇报：“门窗都没有被撬过，没有外人入室的痕迹。除了尸体刚才爆炸的范围，地面上根本没有丝毫血迹。包括那台藏尸的游戏机，除了后板盖，其他的部分都很干净，简直不可思议。”假如血迹曾被擦去，用紫外线灯照射现场地面应会有土棕色反应，但是从现在的情况来看，并没有。

“凶手对环境很熟悉，有一定的反侦查能力，作案过程有条不紊，”周东篱也说，“我刚才数了一下藏尸的那台游戏机，后板盖就有 20 个螺丝，要想在营业时间里，众目睽睽之下，把尸体这样藏进去，简直是不可能的。”

同事们勘查完毕之后，我才戴上了手套，蹲下去对尸体外表进行检查。这是一条重要的原则，过早地把注意力放在尸体上会疏漏其他的重要线索，甚至会导致现场痕迹遭到破坏。

已经过了立秋，但南方的夏秋根本没有明确的界限，暑气就像月经不调的女子，断断续续地到了立秋之后，依然是 30℃上下。这无疑是给蝇虫的生长提供了适宜的温度环境。从卵到蛆，再到蛹，最后到蝇虫，至少需要 2 周时间。

但是这些蝇虫啊，没有把尸体肚皮上的脂肪层吃透，人体内脏腐烂后产生的大量沼气充满了尸体，让尸体变得十分肥大，这就是所谓的“巨人观”。显然这具呈现巨人观的尸体已经爆炸过了。我抬头看看都觉得甚是可怖，从警十余年，我也是头一回见到会爆炸的巨人观。

“帮我打一只虫子下来，注意不要拍扁了。”我扭头向周东篱说。

“我来，我来！”炸两从裤子后兜里拔出一卷报纸，手一扬，以蹲势带动手臂往下一拍，动作有如行云流水一气呵成，两只蝇子落在地上。

“谢谢！”

## 六

我用镊子把其中一只蝇子捏了起来，那是一只绿蝇，一量，有 12 毫米，便说：“死亡真的有两周了。”

由于尸体已经高度腐败，给尸检也带来了一定难度。

“死者颈部有纺锤形切创，创缘整齐，这是致命伤，切创由左而入，”我一边做尸表检查，一边低声将情况汇报给身旁的周东篱，“死者是由于颈部开放性创伤，失血致死，成年人的血量大约是体重的 7%～8%，根据死者的体型判断，假如他体重 60 公斤，则血液量约 4200 ~ 4800 毫升，除去渗透、蒸发，现场的血迹却很少。”

周东篱安静地听着，点点头说：“这肯定不是第一现场，只是藏尸地。要么就是血迹已经被人仔细清洗过了。”

“死者左上臂外侧、左大腿前侧均有多处切创，而相应部位的衣服却没有划破，手腕上有束缚过的绳痕，皮下出血，带黄色，这也表明时间已经过了 1～2 周，”我又摇摇头否定自己，“不，肯定是两周。”

“虽被绳子束缚，但死者身上却无明显的反抗痕迹。”我又翻了翻死者的口袋，发现里面还有一张登机牌，是“某西北城市到江州”，时间是 8 月 7 日。

“他没有可能是7日回来的，他早就在8月7日之前死了，死人是不会坐飞机的，但这登机牌却的确是他的——会不会是伪造的证据，扔在他口袋里？”我提出了自己的看法。当然，是否伪造登机牌这事去航空公司一查就能清楚，但是兵贵神速，一些伪造的证据主要目的是混淆警方视线，让办案人员在千头万绪中贻误破案良机。

周东篱让同事把店里的员工都组织到游戏厅二层的原本属于电子游戏厅老板贾梅云的休息间进行询问。

## 七

周东篱最喜欢没头没脑地提出问题：“你有没有听说过一句话？”

我和炸两非常好奇，“什么话？”

“我们能够破获的绝大部分杀人案，只能是属于激情犯罪，而那些经过精心策划犯案的杀手，则安静地享受他们的杀人成果。”他漫不经心地说。

一听之下，我顿时感到毛骨悚然，但是细想一遍，又确实是这样。一个将尸体塞入游戏机箱里的案子，显然不是激情犯罪。

说着，我们到了休息间，电子游戏厅的几个“骨干”都在那里等候了。分别是收钱的老齐叔、看场子的林黑脸和清洁工老邢。

周东篱向老齐叔确认：“店里原本有多少员工？”

老齐叔是亲手打开游戏机后盖第一个发现尸体的人，他受了很大的惊吓，估计还没恢复过来，他光着脚，头发还是湿淋淋的，衣服上还有水印子，脸色煞白，魂不守舍地说："像我们这样常驻的有 3 人。"

作为游戏厅的老人，老齐叔又向我们简单介绍了一下店里的情况。

这其实是一家黑游戏厅。

这个其实不用说，我一看就知道了。

"黑"的意思是：不合法，没有登记，不受管制。国家规定游戏厅不能接纳未成年人，因此这些黑游戏厅就转入了地下，悄悄地开，一有什么风吹草动，就赶紧关门，依照现行法律程序，执法部门不能破门而入，又因为无牌无照，要是被盯上了，干脆直接关掉，悄悄地换个地方再开，不费一文。

这个黑游戏厅里的 3 个员工情况如下：

老齐叔，名叫齐泉，他是负责在柜台收钱、兑换游戏机币的，是游戏厅老板贾梅云的同乡，跟着贾梅云多年了，一直忠心耿耿——他自己的原话。

林黑脸，这个雅号其实不科学，因为那汉子不光脸黑，整个人都黑，四肢发达，杀气腾腾。典雅地说是保镖，粗俗地说是看场子的，更说白了就是打手。一些地下赌场、黑网吧、黑游戏厅总是配着打手，用黑脸和鼓鼓的肌肉时刻警示那些愿赌却不愿服输的人。这林黑脸是老板的表兄，大名叫林长发。

老邢，名叫邢青来，则是贾梅云特别赏识的清洁工，听说是贾梅云从别的游戏厅挖过来的。贾梅云从来不亏待他，听说贾梅云给老邢开的工钱跟老齐叔的一样，但老齐叔要一天到晚在柜台收钱，而老邢，就是每个钟点把该清理的地方清理一下就可以了。

这3个常驻员工都住在游戏厅不远处的宿舍里。前面说过这是条“丁”字结构的街，游戏厅在“丁”字一横的左端，而员工宿舍就在“丁”字一横的右端。

“贾老板对你们还不错啊，都有员工宿舍了。”我小声嘀咕着。

“那是座烂尾楼，听说风水不好，盖了一半，盖房子的老板跑了。一时半会儿也没有装修，我们仨就进去住。”林黑脸解释说。

周东篱又旁敲侧击道：“老齐叔，你刚才说常驻的员工，那么——还有不常驻的员工吗？”

老齐叔说：“那些并不是员工，就是有固定的联系人而已。”

一个是止咳药水的供应商“野猪”，一个是专门给黑游戏厅的游戏机进行维修维护的工程师“楞子”。

这不是特意给他们起的外号，而是这些人做的都是偏门生意，各自都有行走江湖的外号，谁都不知道他们的真名。

“还有止咳药水？这算是软性毒品吧？”我突然想起了什么，就立即打了岔。

“别一惊一乍的。”炸两嘲笑道。

“我们那年代天还是蓝的，水还是清的，游戏厅也还是没有什么止咳药水的！”我顿时拉下了脸。

“好了好了，别争，先听他讲。老齐叔？”周东篱示意老齐叔继续说下去。

“有几个牌子的止咳药水挺出名，是处方药，现在药店也买不着了，但那野猪手里就是有货。”

从老齐叔的话里我们又得到了一些新的线索。

野猪其实并不常来，野猪是止咳药水的供应商，他手下有几个人替他送货。野猪把10毫升一小包的止咳药水卖给游戏厅的孩子们。

“这些止咳药水真的这么神奇吗？”周东篱也是顺势一问。

结果，老齐叔慌忙摆摆手说：“千万不要试，和可乐兑下去喝了就会上瘾。”

林黑脸神秘一笑道：“会精力充沛，毫无睡意，还能产生令人愉悦的幻觉。”我曾经在报上看到一个美女艺术家在嗑药后的9小时内分了12次给自己画像，在嗑药一段时间之后，使用的颜色会越来越浓重鲜明，对自己的感知已经不确切，把自己画成了一个头发如花叶般向各个方向伸展的“花仙子”，而且她说不想画眼睛，觉得眼睛会盯着她看，直到药效消退后，她的自画像才趋于正常。那些自画像是对嗑药幻觉的忠实记录。

很多时候野猪的止咳水都卖断货了。

黑游戏厅，让人成瘾的处方药，本就是魔鬼的一双利爪，随便一只就能将孩子们脆弱的脖子扭断，但双“爪”齐下，自然会更快了些。这可是在摧残祖国花朵啊！

我愤愤不平道：“得把这野猪抓回来！”

只可惜关于野猪的线索并不多，平时他在几个游戏厅员工的印象中就是个代号而已，他很少露面。除了那一次，野猪不光出现了，还发了飙。·

那天傍晚，贾梅云正在柜台兑游戏机币——据说他自己也喜欢打游戏。有一个戴眼镜的壮实汉子一进门，就冲贾梅云的面门来了一拳，恶声恶气地说："女人事小，你不要为了搞别人的女人丢了你自己的大生意——"他看了一下，去旁边一个游戏机台上捡起一串连起来的空袋子扬了扬，嗓门提高八度说，"还有，你的小命！"

贾梅云抹了一把淌下来的鼻血，反唇相讥道："是我丢了大生意，还是你丢了大生意？我每个月给你跑量多少，你自己心里就没点数吗？我是你的客户，客户至上，你懂不懂？"

"这样的客户，我还真不稀罕了，我的货是供不应求的，你就等着没米下锅吧。"野猪冷冷地说。

贾梅云上前拦了一步，"你以为这个场子光是我的吗？"他贴近野猪的耳朵说了一句，然后又笑嘻嘻地要挟道，"我刚才说的懂了吧，人家有干股的，你敢不供货可以呀！别丢了你自己的大生意——还有，自己的小命！"

野猪的脸色青一阵白一阵，硬是压制住没有再发作，直接走了。

后来爱八卦的游戏厅员工跟送止咳药水的人打听到，贾老板上了野猪的女人——不是夫人，所以野猪过来对他小惩大戒，但是这件事之后，游戏厅的止咳药水也是照常供应的。

"不会是野猪吧，好长时间没见着他了。"一直没吭声的老邢开了口。也因此，我茅塞顿开，老邢不是普通的清洁工啊，他会定时把所有的止咳药水空袋子收拾好，清理掉。这黑游戏厅端掉就端掉了，要是还查到了这种东西——可真不是小事情！

周东篱若有所思道:“言之尚早，再谈谈楞子的事吧。”

## 八

楞子比之前介绍过的所有人都年轻。

“肯定不到 30 岁。”老齐叔断定。

楞子学历不高，就是个打工的。有黑游戏厅、黑网吧，就有专门给这些见不得光的店铺维修机器的店，形成一条暗暗存在的产业线，就像沙漠里的地下暗河。一般黑游戏厅、黑网吧那些地方也不固定养人，因为养一个专业人才，成本高啊，楞子就是这样的专业人才。千万不能小觑修机子的人，因为那真的很重要！开发软件的人自然是多了去了，因为钱多啊，但是修硬件的人呢，钱相对而言就会少很多，所以维修方面的人才真的不多。真正有技术的大都转型去开发软件了，没技术的人修电脑，游戏机子也会按照一套固定的模式：在并非故意的情况下，将小问题修成大问题，大问题干脆就修瘫痪了，然后就是直接重装、刷机，以不变应万变。人才难得啊。

“但楞子确实是个人才。”老齐叔这样说的时候，老邢默默点了头。

“他手脚不干净，”林黑脸又憋出一句，“养着他，就是养虎为患！”

“这又怎么说呢？”周东篱提出了疑问。

黑游戏厅，除了有会让人成瘾的处方药，还有各种赌博机。很多窝在游戏厅的大人，就是在玩赌博机，并不是所有来游戏厅的孩子和大人都像我这样纯情地光打《拳皇 97》的，游戏机币 1 元 2 枚，可是没有人会用游戏机币去玩老虎机、百家乐之类的赌博机啊，赌博机都是几百元几百元地买分，直接输入到机子里去。很多人输到倾家荡产都是因为玩上了赌博机。

楞子则是一个可以通过赌博机让人输得倾家荡产，或是让人赢得不明不白的人才。有一回，他趁着维修角落里头一台赌博机的机会，人为设定了容易赢钱的倍率，串通熟人来豪赌，赢了几千块，可是那熟人嘴不严，漏了口风，贾梅云大为光火，径直找上了楞子的老板，让楞子把钱都赔了回来，只是楞子的老板与贾梅云交情甚笃，碍于自己老板的情面，所以游戏厅里的机子坏了，楞子还是得来修。

周东篱提了一个问题："楞子有没有来修过那台出事的游戏机？"

几名员工异口同声地咬定说："没有。"

林黑脸解释道："那台机子是'雪人兄弟'，那是20世纪90年代开发出来的玩意，现在很少人会玩那个，只有一些小孩子或是一些陪小男友来游戏厅的女孩子喜欢玩。所以那台机子很少会坏，甚至很少会开，真不明白那样的破玩意儿怎么一直不丢掉。"

老齐叔对那台游戏机仿佛情有独钟，"隔个两天都会有人玩的，怎么可能丢掉。"

"大家散了吧，如果案情需要，还要你们密切配合。"周东篱一筹莫展，只好打发了他们。

## 九

江州市公安局大楼10楼刑事警察支队的会议室灯火通明。简支队长坐在长方形会议桌的一端，侧过身子认真地聆听周东篱作案情简报，我们一大队和三大队去现场的同志都正襟危坐。会议室里烟雾缭绕，要说室内禁烟，我是不信的，曾经去过兄弟市刑事警察支队交流学习，全是这样。不过也是啊，这样的工作压力下还需要镇定严密地做出正确的判断，没有烟，肯定办不到。不过也好啊，二手烟味总比现场的味道好太多了。我看了看手机，距离接案已经过去了3个小时，现在是23时。

“死者贾梅云，黑游戏厅老板，”周东篱一边说，一边在白板上绘制人物关系图，“游戏厅常驻工作人员三人，我们都询问过，分别是老齐叔、林黑脸、老邢。这林黑脸与贾梅云是表兄弟，说贾梅云生性风流，这次外出是去西北一个雅丹地貌的城市见女网友。然后不常驻的人员也有两人，其一绰号‘野猪’，供应止咳水，但贾梅云搞了他的女人；其二绰号‘楞子’，修游戏机的师傅，曾串通熟人来赌，赢走贾梅云的钱，后被贾梅云发现，被迫加倍赔了回来。此二人都与贾梅云有隙。由于现场没有入室痕迹，血迹也被人为清理过，尸体又藏在游戏机箱里，那个机箱也需要工具和相当的时间才能打开，因此很大可能是熟悉游戏厅的人员作案。”

其他人员先后补充了一些案件细节，最后一致认为是熟人作案。

简支队长道：“如果大家都没有问题就分头行事，散了吧。”

“我还有问题。”

“刘依依同志，请讲。”

我站了起来，“死亡时间距现在至少两周了，可是他身上却携带着一张 8 月 7 日某西北城市到江州的登机牌。如果死亡时间不能确定，也很难根据有无作案时间圈定嫌疑人，所以我认为先要查民航记录，这个才是突破口。”

“你怎么肯定至少两周？以一只 12 毫米长的苍蝇吗？”简支队长似笑非笑地看着我，示意我坐下。大伙们哄笑。

我努力平复自己的情绪，面无表情地回答：“以一个法医专业的眼光。”

后来我才知道，周东篱已经查过民航记录了，确定 8 月 7 日贾梅云是活着回来的，而且周东篱在会前就跟简支队长汇报过，只有我自己仍被蒙在鼓里。

“辛苦各位了！但是我们要讲的是效率和结果，”简支队长最后提出，“风情酒吧街？重要路口会有路面监控，周大你带人到八大队那里查一下监控吧，时间节点掐紧一些，说不定就能有收获。”

## 十

八大队是监控中心，数十个屏幕监控着江州市各大主干道和重要路口。因为已经是 17 日凌晨零点 30 分了，所以只有两名辅警在值班。其中那个上夜班的网红脸叫秋霞，向来对周东篱过分热情。每次周东篱去查监控，她总免不了笑意盈盈地说：“周大，你亲自来啊！”他区区一个大队长，又不是局长，什么亲自不亲自？周东篱也客套道：“你们又值夜班啊，真是辛苦了！我想要拷贝一份风情酒吧街尽头街口最近半个月的监控录像。”

“行行行，没问题，要查什么，我们也可以帮排查的。”秋霞满口答应，甚至主动请缨要帮排查录像。

“就不劳烦你们帮看了，我们带回去自己看。”周东篱嘴上客气，其实他知道如果不是由熟悉案情的侦查员来排查，效果肯定大打折扣，有些事情，还是需要亲力亲为。

回到一大队办公室，我和周东篱他们开始看监控录像。

街口的路面监控，正好能看到游戏厅的正门。

8 月 7 日，游戏厅在 22 点已经打烊，22 点 20 分，一个戴着鸭舌帽的人影拖着行李箱出现在门口，开了卷闸就进去了，员工们都辨认出那就是贾梅云。

8 日零点 10 分，贾梅云出来扔了袋垃圾又返回。

8 日凌晨 2 点，贾梅云出门步行离去。

这是贾梅云在录像里最后的影像，在 8 日 2 点之后，贾梅云再无出现。而 8 月 7 日 22 点 20 分到 8 日夜里 2 点的时间段里并无任何人进出游戏厅，到底贾梅云是什么时候再次回到了游戏厅，然后为人所杀，后又被藏尸游戏机箱呢？而凶手又是如何凭空蒸发逃之夭夭呢？

我的脑子里本来就已经一团糨糊，如今连眼睛都睁不开了，周东篱见我开始打瞌睡，便说：“大家都累了，先回去睡一觉，早上再把那三名工作人员叫来分别讯问。”

## 十一

8 月 17 日上午 9 时，老齐叔、老邢和林黑脸被分别隔离在副楼的讯问室进行讯问，周东篱和我可以在中控室看讯问实时监控。

侦查员发问：“你最后一次见到贾老板是什么时候？”

老齐叔说：“8 月 2 日，他说要出去几天。”

林黑脸说：“说去看什么鸭蛋地貌、魔鬼城之类的，这下好了，直接下地狱去了。”

老邢说：“那天收到台风警报。我忘记几号了，他叫我要注意打烊时得把所有的门窗都关好。”

那是入秋之后的唯一一次台风，我查了查手机，确实是 8 月 2 日。

在实时监控里，侦查员又问：“他外出这么久，一直到今天都没出现，你就不担心吗？”

老齐叔说：“他也没说啥时候回来，即便说过了，晚几天回来也是正常的。”

林黑脸说：“他这人我行我素惯了，担心什么。”

老邢说：“人家是老板，一个员工还能管老板放几天假么。”

其中，老齐叔又补充说明了一下，贾梅云在游戏厅有一个舒适的办公室——就是我们之前询问三名工作人员的休息室，里面还有隔间，有床铺，所以他没有回家，老母亲也并未寻找——以为他在游戏厅。

周东篱一边看实时监控一边翻看尸检档案，“如果贾梅云是回来当天，也就是 8 月 7 日当晚遇害的，到 16 日晚，也就是 8 ～ 9 天时间里，尸体会不会腐败成这个情况？”

“你怎么就是不相信我？起码要两个星期——”我突然想到一点，“那台机子，虽说是很少开，也是开过，从7日到16日之间，如果这台游戏机有人开过……”

“当时林黑脸说这机子本来就没什么人玩，早就该扔了，可老齐叔说开过，隔个两天都有人去开，”周东篱抬起头，牢牢看着我问，“如果机子里早就藏了尸体，那么给这台游戏机投进游戏机币，还能不能正常运行呢？”

“如果高度腐败的尸体产生了气体，气体进入了血管内，口鼻腔就会流出血样液体，只有游戏机箱里面的一些电子元件被这些液体浸泡了，才有可能开不了——”我认真地分析给他们听，“也就是说即使早就藏了尸体，还是能正常运行的。”

炸两走了进来，“天啊，就是说有一些人，一直玩到尽兴而归都没发现游戏机里藏了尸体啊！可怕——”

“如果游戏机里藏了尸体，而游戏机隔个两天还会被人打开，那么开着的游戏机，就会产生热量，特别是这种箱子，里面应该是闷热的！在这种温度条件下，必然会加快尸体的腐败速度，也就是说贾梅云的实际死亡时间可能更短，真的可能是8～9天，而不是我一开始判定的两周！”我终于找到了症结所在，语调激昂起来。

“所以，他口袋里的登机牌，如果是真的，就是说他8月7日还活着！”我又简明扼要地总结了一句。可是我看着周东篱，他却是一副“我早就看出来了”的样子。

“小刘，以你一个专业法医的判断，你说贾梅云最迟的遇害时间应是什么时候？”周东篱再次问我。

“尸体在游戏机箱子里，虽然因为温度高，会腐败得快，但最多也就是差几摄氏度，贾梅云的死亡时间怎么也不可能迟于8日。换而言之，8日游戏厅结束营业之后想要把贾梅云杀害并且放进游戏机箱子里，7天腐败成这个样子，可能性简直就是零。他至少死于8日游戏厅开始营业之前。”

周东篱秘密给三个讯问室的侦查员们做了指示，对三人分别提出了同样的问题：“能否说说8日夜里2点到9日8点半，你在干什么？”

周东篱理清了思路，认为贾梅云的死亡时间就在这其中。

老齐叔：“在睡觉啊。”

林黑脸：“早就睡了。”

老邢：“睡觉。”

老齐叔、林黑脸和老邢互相证实8日夜里2点到8点半，三人都在宿舍里睡觉。住在同一宿舍里的人都能互相证明，都有不在场证据，有没有可能他们都是凶手，所以都能互相证明？又有没有可能凶手是野猪和楞子？

几个人的回答看似滴水不漏，各自负责笔录的侦查员最后让他们签了名，按了手印。

由于需要讯问的问题都差不多，所以三人离开的时间也相仿，因此在讯问室外面，他们碰上了。

听到老齐叔满脸堆笑地跟讯问他的警察道别：“警察同志，我对贾老板一向是忠心耿耿的。”

林黑脸冷哼了一声，插了嘴：“上个月你不是跟他吵过架么，说什么忠心耿耿？”

“林黑脸，你是存心挑事吧？吵过架就不是忠心耿耿吗？他欠薪啊，问他讨薪不是应该的么？凭啥你们的都按时足额发，就光欠我呢？他就缺那几个钱？”老齐叔反驳道。

“要说忠心耿耿，我才是，我跟他可是从小一起长大的有血缘的兄弟！”林黑脸拍着自己呼之欲出的胸大肌说。

老齐叔嗤之以鼻，“不要以为我不知道，早年你们两家人还为争祖上财产的事情上过法庭，其实最恨他的人就是你了！你是自己犯了事来投奔他吧！”

“别胡说！”林黑脸抢前一步，想对老齐叔动手，炸两往两人中间一站，硬是把林黑脸挡开了，不过林黑脸还是块头大，把炸两撞了个趔趄，炸两好不容易才站定了。

原本一场同事的两人，不知因何在一夜互生了芥蒂，各自散了。

## 十二

8 月 17 日 16 时，全支队在支队会议室召开紧急会议。简支队长一改往常的气定神闲，哪怕案情分析会他还能有心情用苍蝇的大小揶揄我的专业水准，他这次是实实在在炸毛了：“案情分析会过去 17 个小时了，离发案 20 个小时了，一点进展都没有？能有人告诉我有吗？”几个大队长默不作声，我们这些小的更加把头埋得低低的。

简支队长直接点名："周东篱，你说呢？"

周东篱变成了哑巴。

简支队长狠狠拍着桌子说："我就是这样训你们几句，你们还知道心情不好，刚才局党委把我叫去训了两个小时呢？知道不，现在民间有多少自媒体等着写爆炸性新闻，唯恐天下不乱，找热点搞点击率赚广告费，你们这就是送上门让人写！这么大的案子，黑游戏厅，藏尸游戏机箱，巨人观爆炸，警察无力……你们知道自己贡献出了多少小道消息吗？你知道过去这 20 个小时街头巷尾、茶楼酒馆的最新谈资是什么吗？你知道我们许局长和我要给你们背着多大的锅吗？"

"说我呢？"一个声音在门口悠悠地响了起来。

简支队长站了起来，恭恭敬敬道："许局，您来了。"

后知后觉的我们也想站，许局做了个手势让我们就别客套了，"我是受局党委的委托，来给弟兄们打打气的。"

有马屁精带头鼓掌，于是会议室里的掌声响成了一片，简支队长征询了许局意见，便说："散了吧。"

## 十三

离发案已经过了整整一昼夜，周东篱在一大队办公室看风情酒吧街路口的监控录像，他按了静止键，仰头滴眼药水。

"我在看第 54 次。"他说。

他重新播放监控的时候，正好是8日零点10分，贾梅云出来扔垃圾的时候，这期间他挥手在脸旁挡了一下，有个拿着类似Y形弹弓的孩子跑入视野之中捡起了什么——可能是珠子，贾梅云指着那孩子训斥了几句，孩子匆忙跑掉了。8日夜里2点，贾梅云再次出门步行离去。

“周队，重看重看！”我叫了起来。

周东篱一时不明所以，我便自己动手去拉进度条，回到贾梅云挥手在脸旁挡那一下，我把画面定住了，然后放大。

“周队，这是左手！”监控录像里贾梅云挥起挡在右脸旁突袭的小石子的手，是一只左手！左手！左手！在情急之下，每个人都会出于本能用最敏捷的一只手做出反应。

我把现场照片倒在桌子上，挑出一张来，“你看这是贾梅云的办公桌。”照片显示得很清楚，贾梅云的烟缸在右手边，鼠标也是在右手边。

一个右撇子如何突然变成了左撇子？如果不是故意装出来的，唯一的答案是：那根本是另一个人。

我突然想到了什么，又将尸体的照片拿出来，我也挑出了一张：“左上臂外侧、左大腿前侧多处切创……凶手很可能是左撇子啊！”

一个人能够这样自由地出入已经打烊的游戏厅，也只有贾梅云的员工。贾梅云的员工完全可以装成是贾梅云从大门出现，然后杀害贾梅云后从后门溜走。游戏厅还有一个后门，那门外并没有监控。贾梅云在录像里出现的后两次，鸭舌帽檐压得很低，根本没有办法看清他的脸，而贾梅云的身形，则跟他的几名员工是非常相似的，依靠身形来排查，基本是不可能的。好不容易出现的一线曙光，又慢慢遁入了黑暗。

原本已经排除掉的三个常驻员工，因为有了作案的条件和时间，又回到了嫌疑人的状态。“我们反复做了无用功。”我叹气说。

周东篱安慰我：“千万别这么想，起码现在更接近真相了。”

这时支队办公室发来了通知：在案件侦破之前，各大队都需要在办公室备勤，取消双休。

周东篱还有心情说冷笑话：“这是通报批评的意思，但比通报批评更令人痛苦。”

## 十四

案子破不了，全支队上下都如坐针毡，周东篱见到简支队长绕道走，简支队长见到许局绕道走，至于我见到是个人都想绕道走。

8 月 19 日，星期一，上午 8 时。取消双休之后的星期一实际上与星期六没什么不同，反之也是这样，我有些麻木地爬起床，去了浴室刷牙洗脸。

我用的是一款超声波牙刷，牙刷贵自不必说，牙刷头也是贵，不过倒不是因为贵，而是因为懒，所以我一直没去买新的，用了好几个月都没换……所以我的牙刷头的刷毛已经有些翻起来了。突然，我发现我的牙刷头刷毛是偏右翻的——因为我是用右手呀！

灵光一闪，我匆忙漱了口，就直奔风情酒吧街尽头的“员工宿舍”。的确是烂尾楼，我看第三层晾晒着衣服，有人居住的痕迹，我就直接去了第三层，上楼前我给周东篱发了坐标，不过我不确定需不需要他支援。楼道里到处是一股霉味，在这种地方居住，即使是多不喜欢对方的人，都会勉为其难住在相对接近的地方，因为烂尾楼就是烂尾楼，整座楼，除了这一层，其他地方都是空荡荡的。也正因为这种阴冷，除去休息，其他时间都不会有人愿意待在这儿，面对着完全是毛坯的四堵墙。但对我来说，没有人在，却是正好！

老齐叔、林黑脸和老邢他们的三只漱口杯放在厕所门口的一条简易木制长凳上。我顺次拿起第一支牙刷看，右侧刷毛偏右翻，正常，右撇子。我拿起第二支牙刷看，也是右侧刷毛偏右翻，正常，右撇子。但是第三只漱口杯里面并没有牙刷，只有一管用瘪了的牙膏，已经看不清牌子，因为从底部卷了起来，像是要挤出里面的一分一毫。这只漱口杯上还用透明胶布贴了一个名字，邢小满。好熟悉，我却一时想不起来这到底是谁的名字。

这里三只漱口杯款式各不相同，但只有这一只细心地贴了名字，唯一的可能就是它来自一个派发同款式漱口杯的地方，一是军队，二是学校。这名字，虽与老邢同姓，却不是老邢的名字，老邢叫邢青来。而且老邢显然没有当过兵（没有军人的气质），即使我看走眼了，他当过兵，那么他现在起码 40 多岁的年纪，这个漱口杯上的名字能在经常被水淋湿的情况下保存 20 多年吗？至于学校，从年龄上来说更是不可能了。这只漱口杯没有牙刷，很可能是有人刻意为之，我想着到底是不是自己来晚了一步，走过去躬身翻那只放在墙角的垃圾桶……

会是老邢吗？毕竟他跟这只漱口杯的主人同姓，其实他换掉别人的牙刷不是更好吗？当然，用 DNA 检测还是会最终发现的……

正在我倒腾垃圾桶的时候，我突然被一个人从后面勒住了脖子，虽然我用力掰着那手臂，但还是被拖走了。那人用一把冷冰冰的器械拍打我的脸颊以作警告，我视线的余光看到了尖锐的寒光，想到那很可能是杀害贾梅云的那一柄匕首，我心寒不已……

那人把我绑在了一张椅子上。我方才看见他用一个黑色头套蒙了脸，除了眼睛，其余的部位都遮得严严实实的，衣服也跟小半个月前那三个员工穿的完全不同，就像有备而来，我完全认不出他是谁。看到他是蒙着脸的，我内心倒是舒了一口气。我不害怕，很好。他用黑色头套蒙了自己的脸，自然是会把我留活口的。

“你回来要搜集什么？牙刷上的DNA吗？尸体上发现了凶手的DNA？”他在面罩下瓮声瓮气地问我。

原来他扔了牙刷是怕我检测他的DNA，而不是知道我能从牙刷找到左撇子。“现在，你把牙刷都扔垃圾桶了，被污染的牙刷也是无法检测到DNA的。”我试图让蒙面人平复心情。

“婊子！”谁知道我这句话激恼了他，他狠狠地抽了我一个耳光，“跟我前妻一个德行，张嘴只会蒙人，要是被污染的牙刷无法检测DNA，你还翻垃圾桶干吗？”

我一时语塞，这个蒙面人应该是老邢吧，我想换个角度说服他：“老邢，我知道你是个老实人，而且你应该有个还在上学的孩子，叫小满……”

“不许你提他的名字！你这臭婊子！”蒙面人仿佛再次被我激恼。

“我也是人家的孩子，我是独生女，而且我今年34了，如果我父母这个时候失独的话……”既然他能被“孩子”“小满”这些词语激恼，证明他对这些词语有感情，我要努力说服他把刀放下来。

这时我的手机在裤袋里不适时宜地震动了起来，细微的蜂鸣声也引起了蒙面人的警觉，他把我的手机搜了出来，直接扔进了垃圾桶，手机在垃圾桶里的蜂鸣声在空旷的宿舍里显得更加明显。

蒙面人在室内不停地踱步，他用匕首指着我，本是用左手，然后在刀刃即将划伤我的一刻，突然停住了，他把匕首换去了右手。

“看你，喜欢穿破洞牛仔裤是吧！”他双手把我右大腿上的一个猫须破洞轻而易举地撕开了，我的右大腿裸露在他的面前。

我看得出他一直在犹豫，但垃圾桶里的蜂鸣声一直在持续，他突然问了一句：“你是不是事先通知了队友？”

我高速运转大脑，权衡利弊回答他：“是！他们很快就到了！”

“那就只好难为你了。”没想到他手起刀落，我的右大腿根部前内侧被狠狠地扎下了一刀，“啊！”我痛不欲生，温热的血瞬间喷了我一脸。什么？我的脑子嗡的一声炸了，我想错了！他竟要杀我？这一刻，其实我是对事情发展的困惑远远大于对死亡的恐惧，满脑子都是“为什么”。他突然对我动手，一定是有原因的，难道我真的错了吗？

“我不是老邢，没有孩子，所以不会对别人的孩子姑息，你确实错了。”蒙面人转身而去。

我竭力调整自己的呼吸，企图让心情平静下来，这样血流的速度也会变慢一些，但一想到我要死了，我的呼吸又急促起来。我很清楚，股动脉被切伤是绝对致命伤，只要短短几分钟，我就会死去。我心跳很快，却感觉越来越冷，如堕冰窖，生命一丝丝地从我体内抽离。我闭上了眼睛，感觉自己沉入深深的水底，深不见底，我一直在缓慢地坠落，突然，有人把我抱住了，如溺水的人猛地冲出了水面，重新呼吸了一口新鲜的空气。我的大腿根一紧，有人扎住了我的伤口，实际上我被刺伤股动脉，要对鼠蹊部施压才能有效止血，否则只能是无用功……不过，我还听见了救护车的声音，说明救援真的到了吧……

是周东篱还是炸两？我昏死了过去。

## 十五

在即将动股动脉手术之前，我醒过一次。我见到炸两在旁边，他紧紧握住我的手说:“别怕，你会没事的。”他还告诉我说,“多亏了老邢，他打扫卫生衣服脏了，回宿舍换衣服与凶手撞个正着，为了救你，还与凶手搏斗得右手臂上全是伤！真是应该发一个见义勇为奖给他。凶手就是那林黑脸，他用的是假名，我们刚查出他是网上追逃人员，与他家乡一宗伤害致死案有关，估计就是为此投奔他表兄贾梅云的，可惜没逮住，他跑掉了。”

我听得一头雾水，“你说什么，他救了我……你们看到凶手了吗？周队去了哪里？”

病床旁边的护士要把我推进手术室，“别顾着聊天了，再晚了，你的腿就会废掉的。”

我一边伸手死命抓住想要“别挡道”的炸两——我躺在病床上，

也竟是顺手勾住了他的裤腰带，一边对护士说:“不，护士姐姐，一定要等我问完，否则会出事的。”

为了抓住炸两，我半个身子都探出了病床，炸两护住裤头，“行行行，大姐，我不走，我裤子都要被你拽下来了！凶手林黑脸跑了，小篱子跟老邢追去了。幸亏老邢把自己的衣服脱了给你包扎上了，不然你小命都没了，你可是伤了股动脉呀。”

我一听急了，“快把老邢给我包扎伤口的衣服拿来看看。”

“你要去动手术了，还要衣服来干什么呀？要看也是动完手术再看。”炸两杵着不动。

我不禁动气，“去啊，赶快拿来！我一定要确认一下！”

炸两给了我一件皱皱巴巴被血迹粘连成团的衣服。

“抖开它看看！”炸两闻言就把衣服打开了。按理说，那血自然是我跟老邢两者皆有，可是上面哪里有刀痕，如果老邢真的为救我搏斗过，而且右手全是伤，为什么衣服没有丝毫破损?

炸两显然也看出来了，表情呆如木鸡，“怎么可能？”

“炸两，周队有危险——你一定要去——”我又细看了衣服的式样，这件衣服分明就是蒙面人当时穿的衣服呀！贾梅云身上不也有刀伤，而相应部位的衣服却没有划破吗？我能够肯定的是，这就是伪造伤。

“炸两，你一定要去！”说完这句话，我又不省人事了。

# 十六

“警察同志，林黑脸是往田野方向逃跑的，估计跑不了多远。”老邢用手指着一个更精确的方向对周东篱说。

周东篱听信老邢的话，开车要去追林黑脸。

“哎！我知道他去了哪儿，”老邢一把拉开副驾驶室的门，“他肯定是要去那飞妹家里躲一阵，我跟你一块儿去。”

周东篱犹豫了一秒，便说：“好，就劳驾你带个路吧。”

“老邢，听口音你是外地人吧？”

“对，打工嘛，四海为家。”

“家里还有什么人吗？”

老邢顿了顿，说：“怎么没有，还有个老母亲，小孩今年……今年也该是 18 岁了。”

“要考大学了吧？”

老邢支支吾吾岔开了话题：“我们那年高考，我也考得不错，市里第三名。”

“那孩子肯定也能考好，有基因。”

老邢突然冒出了一句：“我前妻嫌我基因不好，跟我离了，她说我性格有缺陷，跟我妈一个样。”

周东篱一下子语塞了。

老邢又说：“那也很正常，因为我本来就是在单亲家庭长大，孤儿寡母的，性格能健全到哪儿去呢？”说完他又嘿嘿一笑。

一路上老邢没少跟周东篱唠嗑，一改之前沉默的模样，周东篱自然知道人之所以反常是因为紧张，总要做一些事来降低焦虑感，比如现在老邢就处于焦虑状态。他的左手一直揣在左边衣袋里，周东篱用余光瞥见衣袋有一个尖锐的突出，形状充满了危险的气息。

其实周东篱从老邢拉开车门的那一刻，便知道他有可能是真正的凶手。因为他是用左手拉开副驾驶室的门，以至于被车门碰到了自己，叫了一句“哎哟”。虽然坐在副驾驶室，老邢的左手显然是离周东篱更近，但想要行凶，左手拿出匕首来抵住周东篱的话，腕关节和肘关节的活动都不如右手方便。所以老邢的右手偷偷摸到了左边的衣袋。

这个动作被周东篱看在了眼里，他突然踩了一下刹车，老邢由于惯性往前一撞，就在这一瞬间，他用左手把一直待在衣袋里的匕首亮了出来，直指周东篱，并向前冲他的脸门一划，周东篱顿时觉得鼻尖生痛，他的脸往后一仰，双手抡直想要控制老邢的左手，谁知却完全不是对手，怎么都抓不住，只有左闪右躲的份儿，几次匕首都扎在了离周东篱寸毫之间的地方。

老邢毫不泄气，将匕首拔出来继续扎，一边扎还一边骂道：“还不是因为你们这些保护伞！这些黑警！”

周东篱躲着反驳：“我们经常有清查行动！”

老邢听见更生气了，“清查行动？做做样子罢了！我没试过投诉吗？哪一次不是提早收到了风声，直接关了门？就是你们这些黑警！不然！那些黑游戏厅！还！能！开！”

他发狂地骂一个字扎一下匕首，很快驾驶座被他扎成了马蜂窝，眼看周东篱也招架不住，那匕首朝他心窝直刺而来，随着灯一闪，突然副驾驶室的车门开了，老邢被拖了出去，他的匕首一扎扎到了副驾驶座，他还没来得及拔出匕首，就被人甩下了车。周东篱探身一看，炸两已经把老邢牢牢地控制在地面了。

“小篱子，破相了？”炸两笑嘻嘻地问。

“来得够准时的啊，让我放了血。”周东篱没好气地说。

“一点小血算什么，加速新陈代谢，脸上放点血还能去色斑呢。”炸两脸上带着乐不可支的表情，把用手铐控制住的老邢推进了车后排。

“哎！再坐过去点儿。”他把老邢撵过去之后，自己也坐在了后排。老邢啐了一口唾沫之后便默不作声了。

“哪里听来的歪理？放血可以去色斑？”周东篱坐在马蜂窝一样的驾驶座开着车，还不依不饶想要理论依据。

“刘依依同志说，美容院都这么讲。”炸两眨眨眼，这事儿还真有出处呢。

“她信么？”周东篱嗤之以鼻。

“她信不信我不知道，但她也去那地方烧钱，”炸两笑了笑，“都说女人的钱，总是最好赚，妹子，总是最穷。”

“就你懂得多，小刘现在情况怎样了？”周东篱皱紧了眉头。

“在动手术呢。要不是她，我也不会来，”炸两伸手拍了拍周东篱的肩膀说，“平心而论，她也是你的救命恩人呢。”

## 十七

我不知道炸两和周东篱经历了什么，我只知道我自己从鬼门关转了一圈，又回来了。

我醒来的时候在ICU病房。我身上绑了一些监护仪器，周东篱和炸两都在。虽然两人的双眼都熬得通红，但看得出来，见到我能够醒来，他们还是很高兴。周东篱的鼻尖上贴了一块小小的创可贴，有点像姑娘们去做了鼻尖微整手术之后的样子。

我张了张嘴，正想问，炸两说："你要在这儿待上48个小时。"

我噘嘴道："不是问这个。"

周东篱说："抓住了。案子破了。"

"那就好，其实我是想问，你的脸，哦不是，是你的鼻子怎么了？"我支撑着自己想从病床上坐起，我绝对不是表示客气，只是觉得刑警队两大帅哥在我跟前，我素颜躺着的话，脸形绝对是不好看的。

周东篱对我的话置若罔闻，只是伸手按住了我的肩膀，不让我坐起，"别。医生说了刚动完手术，还要观察你的右下肢供血情况。你不能乱动的。"法医也有这个常识啊，我当然知道我可能会因为供血障碍导致肢体坏死甚至终身残废。

"我不是乱动，你帮我拿个枕头，让我可以起来……斜靠在床头，我怕……躺床太久会长褥疮，75度，要75度应该就可以了……"我话没说完，周东篱搀了一把，然后往我背后塞进了一个枕头。

我想着自己坐了起来，样子想必又恢复迷人了，就用力眯着眼睛让眼轮匝肌（就是卧蚕）鼓出来，冲他们妩媚一笑，“谢谢！”

但那两人对我的微笑无动于衷。

周东篱说：“还痛吗？”

炸两说：“你现在感觉怎样？”

我笑了笑安慰他们：“不痛，没什么感觉。不不不，是感觉良好。退一万步来说，最差不过要坐轮椅，但要坐轮椅的话，不就显得更专业吗？”

我又说：“我好困，我要睡了，但睡前不都是有故事的吗？”

## 十八

他们知道我想听的就是老邢的故事——一个40多岁的男人，佯装成清洁工，伺机杀害自己老板的故事。

“你记得邢小满吗？那个为了讨零花钱不惜杀死祖母的男孩子！”炸两直接扔给我一个问题的同时，也拉开了故事的帷幕。

我怎么会不记得这个案子呢？邢小满，怪不得名字如此熟悉。他的案子，我还改编成节目上过警讯——当时做节目的女警待产去了，领导非得要让我顶替，那期节目反响也还不错，领导后来也要我一直做下去，因为我毕竟比原本做警讯的女警看上去年轻好多（实际年龄不是），而且水平可能还高一点（我自己认为），可是我坚决不同意。因为我要做警讯的话，还不如直接去宣传部呢！

“我自然记得。”其实他们光是看到我痛心的神情，就知道我想起来了。

邢小满，父母离异，由祖母抚养。当年他只有15岁，天天逃学，泡在游戏厅，喝止咳药水——当然，当年的游戏厅未必是这间游戏厅。有一阵，他过于频繁地问祖母要钱，祖母明知他是要拿去打游戏的，自然不肯给，但祖母过去对他过于宠溺了，让他染上电子海洛因的毒瘾无以自拔，甚至当他问祖母要钱的时候，都是喝了止咳药水的，因此一定程度上无法控制自己的亢奋和愤怒，他挥刀伤害了祖母并离家出走。那孩子投案自首的时候都不知道他祖母已经不在人世了。他犯下了一宗伤害致死案，由于未满18岁，又是他爸爸带他自首的，所以轻判去了少管所。

“你知道这孩子后来怎样了吗？”周东篱问我，我听着他的问题，大脑一片空白，仿佛已经知道了答案。

他根本没等我回答：“他死了，他没熬出来，他在少管所就自杀了，他爸，也就是老邢，一直想不开，直到有一天无意之中翻查到他的遗物里有一些还没用光的游戏机币。”

游戏机币不同于其他货币，游戏机币是非常特殊的，基本每个游戏厅都有自己特定的游戏机币。老邢发现了那些游戏机币之后，就想把荼毒自己儿子的那家游戏厅揪出来，因为如果不是那家游戏厅，老母亲还在，儿子也不会死——有什么凄惨得过人到中年，丧母失子？他凭着游戏机币的图案逐一寻访，终于发现了这家一直打游击战一样四处开完又关、关完再开的游戏厅。他知道贾梅云生性多疑，为了取得信任，所以他先是在另外一家黑游戏厅搞清洁。贾梅云虽说只是家黑游戏厅的老板，但他有时候也会进行一些暗戳戳的市场调研，比如乔装打扮之后去其他黑游戏厅坐下来心不在焉地打游戏机，却是在看人家进了什么止咳药水，又引进了什么新游戏机，或是有什么节假日促销手段。乔装打扮后的贾梅云在别人眼里肯定是大不相同的，但在一只要把他当成猎物的狮子眼中，一点熟悉的气味就能追踪到底。老邢总是以最快的速度收拾好贾梅云旁边桌上的止咳药水空袋，甚至将一次性杯子和吸管都清理掉。

贾梅云很是欣赏，为了确保这是老邢的“原创”，贾梅云“采访”了他：“你收拾止咳药水空袋就算了，为什么还要收拾那些一次性杯子和吸管？”

“因为光是喝可乐的话，只需要打开易拉罐，就着可乐罐喝，如果旁边有一次性杯子和吸管，肯定是兑入了止咳药水，然后用杯子喝……”他明白这个道理，贾梅云自然也是明白。所以贾梅云喜欢上这个清洁工，认为他非常有主见，于是将他挖走——

“他真的是一个很了不起的清洁工，”周东篱感叹道，“他把贾梅云杀死了塞到游戏机箱子里，血迹可是清理得干干净净。平时勘查现场时用紫外线灯照血迹都会有土棕色反应，可是在第一现场，据他自己说就是那间休息室，并没有任何反应。因为他用漂白粉洗过。后来我们又去勘查了一遍，在贾梅云的椅背上找到了并不起眼的喷射状血迹。”

我闭上眼，仿佛已经窥见了整个故事的全貌。

## 十九

8日晚上22点之前，老邢从后门溜进了已经打烊的游戏厅，他不是只有这一天这样做，他是一连几天都在等待猎物，他觉得贾梅云出门旅行之后杀死他，追查起来会贻误时机，对自己相当有利。而这一天，他真是等来了贾梅云，他用浸透乙醚的手巾捂住了贾梅云的鼻子，贾梅云昏了过去。趁着贾梅云昏睡，他把贾梅云的帽子衣衫全部剥掉之后把他绑在椅子上，就像之前绑我一样，只是对我，他并没有剥掉我的衣服。他用匕首划贾梅云第一刀的时候，贾梅云就清醒过来了。

“知道你做错了什么吗？”老邢问他。

贾梅云惘然不知，“是野猪收买了你？”他一想就想起了野猪。

老邢又划伤他一刀，“什么野猪？疼痛使人清醒，再想想吧！”

贾梅云吃痛而且害怕，“是不是家里有什么困难，你跟我讲，我们可以解决的。”

“家里？一人吃饱全家不饿，我还有什么家里！都是拜你所赐的！”老邢又对贾梅云下了刀子。

“我？我可不认识你家里人哪！你是不是搞错了？老邢，你醒醒啊，是我把你挖过来干活的，我对你可是有知遇之恩啊！”贾梅云很有些吃惊，但尽力想让老邢冷静下来。

“你狗屁知遇之恩！我这是助纣为虐！若不是为了小满，我绝不会在这里做这些伤天害理的事！你罪有应得，我只不过是替天行道！”老邢恨恨地说。

划了他几刀之后，老邢觉得不如干脆让他一了百了，所以就抹了他的脖子。干完这些之后，老邢想着要给侦查破案的警察绕一些弯路，所以他穿上事先从贾梅云身上扒下来的衣服和鸭舌帽，故意压低帽檐，出正门在监控之下亮了相。然后，他又回来，给尸体穿上衣服——休息室里面有衣帽间，给他穿回衣服很容易。办好这一切之后，老邢有条不紊地把尸体塞进游戏机箱子里，并把所有的血迹都清理掉了。的确，在贾梅云所有的员工之中，也只有老邢可以把现场痕迹清理得如此彻底。但是案子总不能是以“觉得像，就是他”这种逻辑来破案，所以一路走来，我也只把老邢当成一个普通至极的嫌疑人而已，而其他的人，也是嫌疑人。

后来的故事，我们都知道了。

至于我被切了股动脉之后的那一段依然是断片。不过这已经不重要了，我猜他伤害了我之后，见我昏死过去，本就想逃走，谁知听到了周东篱和炸两找上门来，情急之下他把衣服脱了，折回包扎在我伤口上，并做出刚刚与凶手搏斗过的样子。但时间仓促，他不自觉间又将匕首攥到了左手，因此他对自己的苦肉计都是在右手臂。

而且我知道，老邢假意要带周东篱去追林黑脸，其实是想把周东篱带入歧途，后来反正周队和炸两将他成功逮捕归案了，也就没我什么事了。

我是这样想的，也就对他俩说了一下。

周东篱笑了笑，帮我把被子掖好，“你猜得不错，基本就是这样，快睡吧，我们明天再来看你。你知道不，你这是ICU病房，是破例才让我俩一起进来，还待这么久的。”

那个晚上，我拖着那条隐隐作痛的腿沉沉地睡着了。谁想到半夜我就惊醒了，我梦见冰冷的匕首再次划破我的身体，温热的血喷了我一脸。我开始为持续的噩梦所扰。

两周之后，我可以出院了，但还需要进行物理治疗。我拄着拐杖，周东篱来接我。

他一边扶着我走，一边告诉我："另外两个员工都被处理了，林黑脸是网上追逃人员，那老齐叔也是可怜，他挪用了游戏厅的钱给女儿去韩国整容，说是要追个男生……"

"什么？整容追个男生？"我不敢相信自己的耳朵。

"老齐叔本来也没有答应，一是手术费贵，二是怕女儿遭罪，但他那女儿以死相挟，老齐叔又是爱女心切，就只能听了她的，老齐叔一直担心贾梅云发现，惶惶不可终日呢。"

"那些黑游戏厅怎样了？"

"至于那家黑游戏厅自然也是被查封了，江州市也加强了对游戏厅和网吧的监管。你不在的时候，我们想了个办法，要采取清查行动的时候，先派便衣进入黑游戏厅和黑网吧，负责控制门口，到时候有个风吹草动，想要关门的黑游戏厅、黑网吧老板就没办法关门溜之大吉了。

回到家那个晚上，我在枕边放了一朵我亲手摘来的鸡蛋花，洁白的瓣，鲜黄的蕊。我躺在床上望着不远处的字纸篓，想着在接下来一段说不清时长的日子，那里可能会隔三岔五躺着一些枯萎的鸡蛋花吧，但那一晚，我确实是睡得特别香。

这也算是一个不错的结局吧。

# 箭 毒 木

—— 入骨相思 ——

毒木之毒，恰如其名——“见血封喉”。

假使万物有灵，它早就明白：

比它分泌出的毒汁更毒的，

莫过于世间人心。

# 一

你很难再在江州市见到第二棵这样的参天古木，远远看去，群山绿野之中，会见到它鹤立鸡群却并不太浓密的树冠，但假如你置身树下，你会觉得它还是能遮天蔽日的，因为接近49.8米的树高，每一个层次的树叶叠加起来，会使小小的一个人仰望上去时，只能偶尔接住从树叶缝隙里漏下的光线。

这棵树学名叫见血封喉，又名箭毒木。树龄已有358年，属国家三级保护树种，也是世界上已知最毒的树木之一。听古树所在的溪头村里的老人说，这棵古树分泌出来的树汁会随季节而变化，春夏雨水充沛，树汁是乳白色的，然而到了秋冬那样的旱季，树汁又会变成诡异的血红色。

天还没亮，有一个黑衣男人嘴里咬着手电筒，在树根处，用滴管提取古树渗出的血红色树汁。突然，他听到有响动，一个声音问道："是谁在那里？"黑衣男人赶紧腾出手将嘴里的手电筒熄灭，轻车熟路地摸黑潜了出去。

## 二

炸两喊着:“真是离奇了!”

我没好气地问:“想说就说。”

“竟然还有这种自杀方法!”

我竖起了耳朵，作为一个刑警，还有什么自杀方法是我不知道的呢?

“有人割开了自己的手掌，睡在树下，用滴落的见血封喉树的汁液自杀。”

这个方法果然超越了我对自杀的认知，我问:“见血封喉树?那不是大明镇派出所辖区吗?”

“你想去看看吗?”

“自杀，一般派出所就能认定了，哪里还轮得上我去看呢?”

“轮得上，我现在就跟你一起去看，”周东篱闯了进来，“大明镇的梁泽新所长向我们求助，说这其实是这个月以来的第二宗在见血封喉树下自杀的案子了，死者身上虽然没有明显的搏斗伤，手上也拿着割破自己的匕首，但还是太不可思议了!”

“那么既然去看，我们现在马上去，最多一个多小时就能到，切勿移动尸体位置。”我定睛一看，周东篱已经把我的粉红勘查箱都提过来了，“周队，你拿的是靠窗的那个，还是靠门的那个?”

“不都一样吗，我拿了靠门的那个。”周东篱掂量了一下手中的箱子。

我一把拿过细看了一下，放在地上，向两边打开，就成了一个倒三角形的架子，里面是琳琅满目的化妆品。

没等周东篱发问，我就立即把箱子收了回去，“拿错了。”我一溜儿小跑去换回我的粉红勘查箱。有必要说明一下，我的勘查箱和化妆箱都是粉红色的，虽然外表相同，但里面装的东西不一样，当然，两个箱子都是我自费买的。有句话说“这世间唯爱和美食不可辜负”，我却想“这世间唯爱和美貌不可辜负”，所以，面对热爱的工作和我本人的“面子工程”，我都是一视同仁的，都用了上好的粉红铝合金材质箱子。本来化妆箱一直是放在家里的，但受伤前那几天忙得几乎没时间回家，没时间回家也得收拾眼耳口鼻呀，这是对男同事……可能特别是周东篱……的一种尊重。其实这两个箱子我区分起来也是很简单，只是男人傻傻分不清。还好，没出门就给换回来了，否则真是丢人丢到家了。看来有必要在两个箱子上面分别加个标识：“美女法医出勤专用”和“美女法医画皮专用”。

## 三

大明镇，在江州市西北部的鹿湖区，距离市区 120 公里，比珠河市还要远一些。

我们要出发前往大明镇的时候，梁所长又给周东篱打了个电话，说他们所里有个新入警的小同志在市局办事，没有车，能不能顺道把他捎回去，周东篱二话不说就应了下来。这小同志叫陈树，是大明镇本地人。

周东篱怕小同志生分，就特意挑起了话头："听说你是大明镇本地人，山清水秀，那应该很快适应了吧。"

陈树不好意思地笑笑，"穷山恶水，都惯了，有什么适应不适应。"

周东篱又扯了个话题："最近警察招考挺热门的，你能考上就很不错！"

我嘀咕了一句："实现家门口就业了。"

陈树说："你知道我是怎样考上的吗？"

我们都没有吭声，他果然按捺不住开口了："现在都是网上报名考试，但通过笔试之后，还要亲自去做资料复核审查，只有复核审查通过了才能取得面试资格，而报考同个职位的人一般都排在一起，又因为三分之一的人能通过笔试进入面试，所以做资料复核的人也不少，队伍排得老长……"

我坐在后排，看着副驾驶室的他，他看了一下正在开车的周东篱，又稍稍侧身看了下我，机灵一笑，"排队等候的时间一长，人就会忍不住跟旁边的人闲扯，哪怕可能是竞争对手。每个人都有意识地将报名表有职位代码的那一面向着自己，藏了起来，但嘴上最喜欢问人的却是那一句'你报的哪里'？排在我前面的男生就是这样问的我。"

我不禁搭了一句："你还骗他不成？"

陈树淡淡地说："是他骗我。我可没骗他。我说我报的是'大明镇'，而我们这一队的除了有‘大明镇’，还有其他几个比较靠近市中心的镇，当我反问他‘你呢’，他告诉我的就是离市区只有20公里的‘松溪镇’。”

“那也不代表他骗你啊。”

“我当时也没觉得他骗我。但他万一是我的竞争对手呢？我就声调拔高了一点，花样夸他选的职位好：‘松溪镇很不错啊，是全国百强名镇，哪里像大明镇，穷乡僻壤，没有经济支柱，离城区又远，待上个几年，误了时间，恐怕连老婆都讨不到’。”

他说到这里，我开始忍不住哈哈大笑了，“有才！”

“也不容易的，那人半信半疑地问我：‘那你又考大明镇？’我大方地把报名表给他看，‘我是大明镇本地人，我就喜欢我们村里的姑娘。’我把报名表给他看的时候，我们队伍里有另一个男生也探过脑袋看了看。那两人踌躇了一下，队也不排，直接走掉了。”

“你怎么确定是你们职位的人呢？”

“因为笔试成绩公布时，我看到自己的成绩名次是第3，那么我前面还应有2人，但是面试成绩公布之后，我看到同一职位的两人笔试成绩都比我低，证明是递补上来参加面试的。”

周东篱也忍不住说：“这真的比炸两更厉害了！”

我不同意，“炸两那是祖坟冒青烟，人家这是片言只语智退了劲敌！”

“炸两哥他们家……祖坟怎么冒青烟了？”

“他啊，他是特种兵退伍，本来符合招考条件的人也不多，那年代还能看有多少人报考的，而且我还抽调去人社局帮他们招考，他那个职位就 3 个人报考。”

“3 : 1 考上，他也很不错呀！”

“结果只有 2 个人参加笔试。但凡通过最低分数线都能进入面试。结果面试那天，另一个考生迟到了半天，我们按照规矩，不能让那考生进行面试，所以——”

“321 啊！”

“对，所以你说是不是祖坟冒青烟了？”

我们一路上聊着，气氛轻松了很多，时间也过得飞快。看着黛青的远山，我们就知道大明镇已经近在眼前了。

虽然见血封喉树鹤立鸡群，但山区的路也是不容易找，幸好有了陈树这个向导，我们没去大明镇派出所，直接就到了溪头村。有一段路，车子进不了，周东篱帮我提了勘查箱，他又叮嘱陈树：“我在前面先走，小陈你走最后。”他指了指我说：“她怕狗。”

我确实怕狗，因为我属狗，经常听人说“狗咬狗”，于是心理上对狗有了莫名的恐惧。只是不知道周东篱是怎样发现这一点的。果然才不远的一段路，由于有了生人的气息，哪怕是大白天，狗吠也是此起彼伏。

## 四

将近上午 11 点钟的时候，我们一行来到了那棵参天古木下。等待着我们的除了大明镇的梁所长，还有一个愁眉苦脸的老人家和一个年轻的村民。梁所长介绍说：“这是溪头村的村长陈天养陈老先生，这位是村干部梁秋葵。”

陈老也证实了这种自杀确实是不可思议的：“我们开村以来，都没有文字记载过，哪怕是口头流传，也没有村民用见血封喉树汁自杀呀！”

梁秋葵匪夷所思地摇头，“莫不是这树果真成了精，能辨善恶！”

陈老狠狠地瞪了他一眼说：“这话可不能乱说，有警察同志在，一定会给我们查明真相的！”

尸体位于见血封喉树的另一侧，我们绕过去方能见到。梁所长给我们说了一下死者的情况。

死者陈年会，男，27 岁，无业游民。本来与母亲相依为命，但母亲于 3 年前因病去世，他更是过上了“一人吃饱全家不饿”的日子。

陈年会背靠着见血封喉树，脑袋耷拉着，只能看到他长长的非主流的刘海儿盖住了半张脸。我戴上手套，蹲了下来。扶起他的头部检查，发现他的颜面发绀，我撑开他半闭的双眼睑，见到内外眼角处有红褐色点状出血点。随后我又检查了他的口腔和鼻腔，鼻腔处也有出血现象。最后，我一点一点细看他的脖颈部位，虽然静脉怒张，但没有任何疑似扼死、勒死或缢死形成的外伤。

见血封喉树产生的毒液能麻痹全身的肌肉，一旦毒液进入血液循环，就会使人动弹不得、视力模糊、无法呼吸，最后窒息而死。尸体的情况是完全符合见血封喉树的毒发症状的。

我站起来说：“根据尸表检查情况来看，他的死因并无可疑，确实是因中毒导致窒息而死。”

梁所长说："那么可以排除他杀了？"

梁所长这句话好像读书时代的老师总是以某种形式让学生确认一个正确的答案，测试学生是否足够自信。听到这句话，我又犹豫了，我重新蹲了下去，再次掰开陈年会的口腔又看了看，又对周东篱耳语了一番。

周东篱听后颔首，并对梁所长说："还不能排除他杀，有个事情，我们要去证实一下。"

梁所长说："现在都到饭点了，先吃过午饭再说吧！"

"行，"周东篱又打了个电话给炸两，"帮我查这个人近三个月的手机通话记录。名字我短信发给你。"

## 五

午饭是在大明镇的镇府饭堂，大明镇本就是山区，镇派出所条件差，没有独立饭堂，派出所里的同志都在镇府用餐，我们自然也是去了镇府饭堂用餐。我在厨房外头窥见里面还是用土灶做饭，门外堆满了干枯的柴火。厨房里的阿姨见我面生，问道："哟，哪来的小姑娘？我们用柴烧的饭有饭焦，城里可吃不到，待会儿留些给你！"

我笑着说了"谢谢"便走开了。吃饭的时候，陈树用纸巾捏了一大块东西给我，金黄金黄的，看见就食欲大开。我伸手去接，周东篱便夺过去了，他不容置疑地掰掉了四分之三，然后给我四分之一，"饭焦上火，还有致癌物，你只能吃这么多。"

陈树又说："镇领导说了，今天有市里的警察同志过来，我们尽地主之谊，加个菜。”

我好奇道：“加什么菜了？”

陈树神秘兮兮地说：“小刘姐，你吃狗肉吗？”

“才不吃呢。”

他嘻嘻一笑道：“那就没口福了。你一定是外地人，不肯接受新生事物的外地人。”

我默认了。

“广省人有吃狗肉的习惯。”

我反问他：“你们大明镇的人，吃狗肉的多吗？”

“我们这儿，山区嘛，穷人恶水出刁民，家家户户养狗防贼，狗很多，在夏至那些特定的时令也是会吃狗肉的，但是要说平日，就不会特地去吃狗肉，”他顿了顿又说，“但是，松溪镇的狗肉很有名，爱吃狗肉的人，都会上松溪镇去吃。”他望向周东篱道：“周队，你吃的吧？这是镇府司机正好在市区办事，我求他回程时特意兜 20 多公里去松溪镇买回来的狗肉，可正宗了。”

一盘红褐色带皮的肉端上来，周东篱没说吃，也没说不吃。我看着他，席间他也向那盘东西动了动筷子，“意思”了一下。

## 六

饭后我问他：“你为什么不大吃狗肉？”

周东篱说：“你属狗啊。”

我反驳道："你真是好笑了，难道你不属狗？"

说话间，陈树跟了上来。梁所长安排他配合我们在大明镇的走访调查，这小伙子非常机灵，我跟周东篱谈正事的时候，他总是离开我们一段合适的距离，只有当我跟周东篱互相揶揄哈哈大笑的时候，他才适时出现。

"周队，我们现在要去哪儿走访？"

周东篱站定问他："大明镇卫生院有牙医吗？"

陈树很疑惑，"没有，有两家牙医诊所，但也只能做比较简单的处理，比如老人家拔牙或是复杂的案例，大家还是到市区去看的。"

"镇上那两家牙医诊所，有牙科美容项目吗？"

"什么叫牙科美容项目？"

"美白牙齿、牙齿矫正之类的。"

"没有没有，能花大价钱的人都去市区看了，不会在镇上的小诊所看。"

"那没事了，我们一起回派出所先歇会儿吧。"周东篱说。

周东篱私下跟我说："跟我想得一样，这牙齿矫正不是在镇上做的。"就在这时，炸两把陈年会的手机通话记录发给了周东篱。由于大明镇离市区有120公里，牙医诊所经常人满为患，所以陈年会肯定是要跟牙医先预约的。

"周队，让我来筛选号码吧。"我对牙齿矫正有一定的了解，上了牙套之后需要定期复诊，一般是一个月一次。也就是说，我只要在这三个月的通话记录清单里找到连续三个月都有联系的电话（次数不能多，一般就一个月 1 次，假如预约不上才会再次预约），而且是差不多时间段，那很可能就是牙医诊所的电话。果然，我很快找到了两个可疑的电话，我打过去核实，其中一个就是在市区的丁君仁牙医诊所。

“那还等什么？”周东篱匆匆跟梁所长和陈树告辞，带我离开了大明镇。

## 七

下午 3 点，丁君仁牙医诊所门前的长凳上依旧是一排等候着的患者。

“请问丁君仁医生在吗？”一般这种诊所都是以老板的名字命名，冲着名字找就没错了。

由于我跟周东篱都没穿制服，一个戴着口罩的牙医从诊室里探出脑袋说：“有预约没？”

想必他就是丁君仁了，周东篱为了不惊扰其他患者，以只有那位牙医能看到的角度出示了一下警察证，“我有几个问题想要了解一下。”

丁君仁对诊室里面的人说：“稍候，我去一下就来。”

丁君仁又对我们说：“这边请。”他把我们带去一个类似档案室的隔间内。

周东篱拿出陈年会的照片问他：“这人是你的客户吗？”

丁君仁皱了皱眉头，很快从电脑里调出一张陈年会矫正前的照片，又找出一副牙模，说：“是这个名字吗？”我看了看，他留下的患者档案里的名字是“陈年”，但是此人就是陈年会无疑。

丁君仁继续说：“他是牙源性地包天，这种情况下，这孩子矫正之后，面貌能有很大的改善。”

周东篱看了看档案说：“年龄倒是真的，他都 27 了，还能做牙齿矫正？”

丁君仁反问道：“为什么不能？种一棵树最好的时间是十年前，其次是现在。”

“上牙套挺疼的吧？”

“每次给弓丝加力总会疼个一两天，最疼的是第一次上牙套，起码有一个星期什么都不想吃。”

我在一旁嘀咕了一句：“真是花钱买罪受。”

丁君仁闻言，审视了我一番道：“姑娘，你的上门牙有点歪，是不是成年后被后面的智齿顶歪的？人的一生中，牙齿会不断往前移动，如果你的智齿不拔，会把你的门牙越顶越歪，你的美貌也会大打折扣。”

我警惕地看着他，慌忙把嘴闭上了。

周东篱又问：“那么这个陈年最近的一次复诊是什么时候？”

丁君仁查了电脑说：“9 月 25 日，就是昨天，这孩子复诊准时着呢。听说有了意中人，一直不敢开口，一心想把牙齿矫正好了，钱也攒够了，再去跟人告白。”

“他在你这里矫正牙齿，花费多少？”

“一万三，也不算贵的……哎，警察同志，这孩子怎么啦？”

“案情暂时不便透露。”周东篱一句话打发了他。

走出牙医诊所，室外的阳光让人目眩，我问周东篱："人都要自杀了，还有必要复诊吗？"

"见血封喉树下的自杀，是一起比较精心谋划的自杀，应该没这个必要吧，"他又问我，"有些女人自杀之前会化个精致的妆？"

"周队，你这个问法可不对，首先，女人自杀之前化个精致的妆，那是为了自己的尊严，死也要死得好看；其次，这跟矫正牙齿的复诊没有可比性，因为他即使进行了这次复诊，还是不能取下牙套，那又有什么不同呢？"

我突然又想到了一个问题："这陈年会不是无业么？他哪来这么多钱做矫正，还能攒钱跟姑娘去告白？"

周东篱说："哟，这是反问句不是疑问句，看来会发挥主观能动性了啊。"

确认在陈年会在"自杀"的前一天还跑了120公里去丁君仁牙医诊所复诊，他是否"自杀"这个问题更难定性了，或者说，周东篱和我都偏向于认为他是被人谋杀了。

正当我们要返回大明镇继续收集相关线索的时候，陈树打来了电话，语气兴奋异常："周队，案子破了！有人把嫌疑人告发出来了！你们就不用再跑过来了！就是这人现在还抵死不认罪，但也由不得他不认的。"

"凶手叫什么名字？"

"梁树芬。"

"梁树芬？也是树木的树？"

陈树在电话那头停了一会儿说："对。"

周东篱摇了摇头，挂了电话，凝视着我说："如果我们现在又赶过去，肯定是长夜无眠，挑灯夜战，行吗？"

"行！"

"没来大姨妈吧？"周东篱一挑眉，想再次确认。

"没，周队你真婆妈，走！"这个老古董，平日就不苟言笑的，他在此处关心我来没来大姨妈，确实就是字面上的意思，看我身体适不适合连夜奔波和侦查，而绝不是骚扰我。

## 八

傍晚时分，陈树在大明镇派出所再次见到我和周东篱，深感意外。陈树说："周队，你们怎么来了？"

周东篱不好明说，"这案子离奇，我们也想积累一些破案经验，所以又跑过来学习学习。"

"这样啊，梁所长和一个师兄正在里面审讯犯罪嫌疑人呢。"陈树冲审讯室的方向呶了呶嘴。

周东篱说："这也挺好，案子破了可就轻松多了。"他装着不经意地问陈树："你这名字，也是起得跟神树有缘呀。"

陈树不好意思地说："家里老人迷信……"话一出口他便立即住了嘴，警惕地看了看我和周东篱。周东篱给了他一个鼓励的眼神，"有什么话也是但说无妨。"

"说起来，你们城里人可能觉得不可思议。我妈给我认了这棵见血封喉树作‘干娘’。”

周东篱点点头说：“南方人祖辈开村，都会在风水最好的地方栽下一棵树，一般是榕树，榕树枝繁叶茂，就会成为整村的神树，树之所以为神树，那是因为人们相信大树、老树有了灵性，是树神。”溪头村的村口当然也有一棵大榕树，不过溪头村的树神自然不是每村可见的大榕树，而是这棵 358 年树龄的见血封喉树。

“每逢传统节日或是婚丧嫁娶，都会有人拿着香火元宝来树前跪拜。但凡像我这样认了树神为‘干娘’的人，按照我们村里的风俗，名字一般都会带个‘树’字。”

我说：“我懂，这是一种树木崇拜。那么你相信树神会降祸吗？”

陈树撇撇嘴，“自然是不信的。”他又解释道，“就是怕你们对我产生误会，所以关于树的事情一直不敢多讲，你看，这不把嫌疑人抓住了？既然抓到人了，关树神什么事呢？”

周东篱又问：“之前听村委会的干部梁秋葵说过，这树能辨善恶？我的意思是说村民们都这样认为吗？”

“应该是吧。”

“有什么具体表现吗？”

陈树无奈地摇了摇头，“越是落后的地方，奇风异俗保留得越是完整，包括一些用于拜神的歌谣，也就是因为那些流传已久的歌谣，村民们确实认为这树能辨善恶。”

陈树随口念道：“‘家中小儿，名叫崽崽。吃睡不乖，病厄多碍。跪拜树神，祈求关爱。百无禁忌，长命康泰。’这种就是祈求孩子健康平安的。还有一种……”陈树看了看我们，艰难地开口，“还有一种是关于诅咒的。”

“怎么个诅咒法？”

“‘毒死我家狗，谁人心恶毒？惩罚作恶人，树神来做主。毒我小狗者，血债血来赎。’当然了，这只是一个模板，如果毒死猪牛羊之类的，村民们也会依照着改一改，或是如果知道施毒人的名字，村民们就会直接把名字都加上去，去树神那里告状。”

周东篱听到这里，便问陈树：“梁树芬会不会也是认了见血封喉树做‘干娘’？”

陈树回道：“这个我真的不知道。”

## 九

溪头村这个月来并不平静，358年来第一个在见血封喉树下自杀的人叫陈礼文，也是个无业游民。曾经有村民看见他用摩托车载着几只来路不明的死狗。他一直说是捡的流浪狗尸体，还说是为了做好事，把死掉的狗拿到山上掩埋，免得成了狗瘟。

可是，事情哪会那么简单？村民们都知道这个陈礼文一向闲游散荡，对村里的姑娘们也不大规矩，而且动辄就要拿刀子唬人，因此一般人也是不敢招惹他。所以，这样的一个人，谁相信他会把死去的狗拿去掩埋？这可是积德事啊，这种人压根跟积德事沾不上边。所以当他自杀的时候，有一个传闻不胫而走：他的死，就是树神显灵了！

偏就有人不信这个邪，那就是经常跟陈礼文混在一块儿的“兄弟”陈年会。自从陈礼文死了之后，陈年会竟是“继承”了陈礼文的摩托车，而且也开始做一些“把死狗拿去山上掩埋的积德事”。早几天，梁树芬发现自家的一条黄狗走丢了，那黄狗左边耳朵是有豁口的，正是陈年会摩托车上载的那一只，就把他的车子拦了下来。陈年会大怒，下车把梁树芬打了一顿，还踢了几脚，“我就捡几个死狗又怎么了，黄的，左边耳朵有豁口就是你家的狗了？”他当着梁树芬的面又拿了一把小刀出来，揪起狗尸的右边耳朵一划拉，“现在两边耳朵都有豁口了，不是你家狗了吧？”梁树芬看他对狗尸还下此狠手，就恨恨地往地上啐了一口。陈年会露出流氓的嘴脸，“你既说这是你家的狗，就去树神那里告状，让树神收了我吧。”

陈年会与梁树芬争执的时候，是有好些村民看见的。梁树芬忍着痛爬起来，指着骑车的陈年会说：“天地不容你，这村子里的树神也不会放过你！就像没有放过陈礼文一样！”村民们想起来了，没错，这样的话，梁树芬也对陈礼文说过。

这时，审讯室的门开了，梁所长出来了。

我们都站了起来，特别是陈树，用期待的眼神看着梁所长。梁所长摇了摇头。审讯室里传来一阵咆哮：“我确实希望那样的流氓恶霸去死，我也确实心疼我的狗，所以曾经去树神那里诅咒过他，可是如果说是我谋杀了他……可是，我会为了一条狗亲手去杀人吗？”

梁所长对我们说：“确实，我也不相信这样老实巴交的一个村民会为了一条狗亲手去杀人。”他又对陈树说：“把人放了。”

“那么说，陈礼文和陈年会，真的是掩埋死狗吗？”我突然开口问道。

梁所长哑然失笑道：“哪儿这么容易有那么多狗尸捡？那是偷狗！”

“梁所长，好笑吗？”我实在是笑不出来，“如果是偷狗的话，你们为什么没有抓人呢？这两个人连前科都没有。难道你没想过这所谓的‘自杀’有可能是来自偷狗的纠纷吗？”

这下子轮到梁所长笑不出来了。

周东篱假意瞪了我一眼，“小刘，多大了？还真不懂事。”

梁所长尴尬地解释：“偷狗这事，很难取证，一是村里人养的都是土狗，谁也没法证明某只狗必然是村民的；二是即使证明那狗是村民的，但盗窃罪要以金额界定的，那些土狗不值钱，并不能构成盗窃罪，即使要抓，最多以扰乱治安为名，罚上几百关上几天。”

我望向陈树说：“你中午吃饭的时候不是说过，大明镇的人平日里不会特地去吃狗肉吗？”

“对，我是这样说过。”

“那么他们偷的狗怎么处置？”

陈树看了看梁所长，又看了看我们。梁所长也犹豫了半晌，最终叹了一口气说：“估计都卖去了松溪镇。”

梁所长不敢信口雌黄抹黑松溪镇——一个与边远山区镇完全不同的名镇。

## 十

松溪镇，作为一个离市区仅有20公里的全国百强名镇，除了以水暖卫浴著称以外，还有就是狗肉。因为工业发达，外来人口众多，口味也纷繁复杂，但大多数的外地人哪里见识过狗肉？都说“狗肉滚三滚，神仙站不稳”，又云“天上的飞禽，香不过鹌鹑；地上的走兽，香不过狗肉”……也不知道这些“名言”出自何人，但却千古不衰，流传至今。

我只记得孩童时代，珠河市的街头市场也能见到，炭炉支起一个黑乎乎的大锅，大锅里满满的是红褐色的肉，那些肉上往往粘着坚韧的皮，叼着烟的卖狗肉汉子们会在百无聊赖间用火柴一点一点去烙尽皮上的绒毛……让这一锅肥腻的肉，具备更好的色相，趁早卖光。记忆中的这情景，让我对狗肉更为生厌和抵触了。

吃狗肉的人一般又分为两种，一种是可吃可不吃的，那种人大多会在夏至当天吃上几块；另一种是嗜吃狗肉的，那种人任何时候想吃就吃，特别是寒冬腊月，更是给了他们一个冠冕堂皇的借口：有人说狗肉因为肉质鲜美，营养丰富，产热量大，能够大大增强食客御寒的能力，因此是冬令进补的佳品。

梁所长问：“当狗肉供不应求，你猜会怎么办呢？”

惯性思维让我不假思索地给出了答案：“扶持一些肉狗养殖场吗？”

周东篱说：“你还是不看社会新闻啊。”

“社会新闻说什么了？”

梁所长接上话：“如果你关注过社会新闻，便知道即使一些所谓的

‘肉狗养殖大县’里的肉狗养殖都是骗局，因为养狗成本大，而收购价格却极其低廉，还有养殖风险，所以根本不可能赚钱。”

周东篱问：“显而易见，狗肉来源还能出自何处呢？”

梁所长说：“农村盛行偷狗，将狗毒死后偷走，然后存放在冷库，等冬天卖个好价钱，比如卖去以狗肉驰名的松溪镇。”

周东篱将话题又引回了原点：“偷狗的确很可能会引起纠纷，但是谁又会为了区区一条狗亲手去杀人呢？”

会的！电影《疾速追杀》里的男主约翰·威克是一名退休杀手，一群混混闯进他家，杀害了他过世的妻子给他留下的狗，于是他大开杀戒，一共杀了 84 个人。

我说：“如果，偷的是一条有特殊意义的狗，或是偷狗这件事引发了其他不可逆的不幸事件，那么很可能就会有人为了一条狗去杀人。又如果，将陈礼文的‘自杀’和陈年会的‘自杀’并案的话，那恐怕还是一个连杀两人的连环杀手。”

我说完这句话，在场的人就沉默了。

半晌后，周东篱问：“村子里还有其他偷狗的人吗？”

梁所长说：“招人注意的就这俩。”

如果溪头村只有两个偷狗贼，这是个好消息，不会再有人遇害了；同时也意味着，以紧盯着第三个偷狗贼作为破案策略，想要守株待兔也是不可能了。

夜深了，我打了个哈欠。周东篱和梁所长打发我们各自去好好休息。

## 十一

9 月 27 日，早上 9 点。周东篱与我在梁所长给我们安排的一个办公室里分析案情。

周东篱在一张纸上写出陈礼文和陈年会的共性，他俩的身高都超过一米八，自幼混迹社会，还略懂一些拳脚功夫。

“如果现在案件定性为谋杀，我们设想的嫌疑人要想制服这样两个壮汉，就应该比他俩更壮。但是他们身上都没有新近的搏斗痕迹，仿佛是乖乖就范的，要么是被人以某种武器胁迫——”

“但是割开手掌被见血封喉树汁液滴入伤口是必死无疑的，即使被武器胁迫不是也应该拼死反抗吗？”

周东篱赞赏地看了我一眼说：“还有一种可能，最大的可能是他们被割开手掌被树液毒害之前已经遭到了某种暗算。”

“某种暗算？”我猛然站起来，冲出了办公室。

周东篱紧跟在我后面，“小刘！你去哪儿？”

“陈年会！陈年会的尸体还在吗？”

“咋了？送回市区殡仪馆解剖室了。”

看到我的神情，周东篱心领神会，与我一同赶回了市区，直奔解剖室。

我又把陈年会尸体的脖颈细细检查了一遍，特别是靠近脖子的头发根部，我终于发现了一个褐色的小点，那就是我要找的针痕！我小心地切下针痕周围的小块组织装袋，派人送回给检验中心的陈轩化验。

我对周东篱说:“这是本人无法自行扎针的部位，很可能死者先是受到麻醉，然后才被见血封喉树汁液置于死地，只是现在不知道麻醉的药物到底是从何处取得，药物名称又是什么。”

我是不由自主地说出了自己的疑问，完全没料到周东篱会回答:“琥珀胆碱。”

“什么？”我对周东篱懂得的医药知识比我更多，表示难以置信。

“琥珀胆碱，常用于毒狗针。这也是最容易取得的，两名被害人经常偷狗，本身就有。”他用淡然的口吻告诉我。

“琥珀胆碱和箭毒碱的中毒症状确实很相似，如果先用琥珀胆碱麻痹被害人，再用箭毒木伪装自杀，这样的招数确实是高，杀人于无形。”我摇了摇头。琥珀胆碱，麻痹全身肌肉的效果比箭毒木更快更强，但作用时间短。

考量到陈礼文和陈年会的体形高大，结合琥珀胆碱针的作用时效，我断言:“两名被害人肯定是被诱骗到见血封喉树下，才被施以毒手的。”

“两名被害人的被害时间都是在后半夜，这是凶手特意选择的作案时间，因为每天白天见血封喉树作为当地一个标志，除了村民，也有不少游人慕名前来一看的。”

“有什么办法让两个男人都一定能够赴约呢？”

“有一个风险很大，但是可行性也很高的办法，”周东篱说，“用诱饵。”

## 十二

大明镇虽说是穷山恶水，但姑娘却是水灵。陈春芝就是其中之一，她有着男人特别钟情的黑色浓密长发和白皙细嫩的小脸，五官若分开来看虽然都长得不怎么起眼，但是凑在一起却有别样动人心魄的风情，极是耐看。

有一天，陈春芝捡回了一条小母狗，也是普普通通的土狗，哥哥陈冬生不太待见它："这么小的狗，也看不得门，长大了说不定又被人偷了。"之前家里有一条狗，突然失踪，陈冬生一直认为是被人偷走的，所以并不主张再养狗。可是陈春芝的父亲陈阿牛却十分喜爱这条小母狗，甚至就当它是小女儿一样对待，还给它改了个名字叫陈春喜。果然，在下一个春天，春喜就怀孕了，陈阿牛更用心地伺候小母狗，平时煲汤的肉食都挑出来给它吃。

春喜的肚子越来越大，眼看要临盆了，陈阿牛更是开心，他骑了摩托车到镇上喝了点小酒，回家的路上，不知怎么的，就撞在村口的大树上了。他当时没有戴头盔，倒地时颅脑损伤，流了一地的血，陈春芝赶来看他，哭着握着他的手，他只来得及问一句："春喜怎么了？"

陈春芝问："爸，你胡说什么，什么春喜怎么了？"陈阿牛没有来得及说什么，就撒手而去。陈春芝虽然知道她爸是酒后驾车撞树身亡，但她也知道老人家虽是喝了酒，但一瓶小酒顶多是二两，远远影响不了她爸的行动能力，她爸回家路上到撞树身亡之间一定有一个不为人知的"黑匣子"，而这个"黑匣子"装着她爸之所以意外身亡的真正秘密。

后来陈冬生发现那条叫作春喜的准备临盆的母狗倒在不远处的农田里，它睁着的眼睛看着陈阿牛撞树的方向。母狗尚有余温的身体上插着一根带着塑料尾翼的东西，陈冬生认出了那就是毒狗针。他把毒狗针拔了出来，但已经迟了，母狗中毒，腹中的胎儿也全部遭殃，陈冬生连夜请来畜牧站的兽医也没能把春喜腹中的小狗救下来。陈冬生执意让兽医给春喜剖腹，把小小的狗尸取出来，一共5只，粉粉的还没睁开双眼也永远不会睁开双眼的小狗，它们一字排开在春喜身边。春喜挨在陈阿牛身边。七具尸体，一人六狗，触目惊心，兄妹俩抱头痛哭。

后半夜，有人抵着窗棂在屋外告诉兄妹俩："春喜被偷狗贼追捕，阿牛叔当时开着摩托车，为了闪躲春喜，所以才撞上树的。就在阿牛叔撞上树的瞬间，偷狗贼也把毒狗针射中了春喜，所以春喜没跑出几步也栽倒了。"陈春芝悄悄地问："偷狗贼是谁？"屋外的人像断定问题能够不言自明一样，闭了嘴，只余下了匆忙离开的脚步声。

陈冬生说："还能有谁？"陈冬生敛住了泪，握紧了拳头，狠狠地砸在地上，让旁边的一人六狗七具尸体都仿佛因为大地的震颤而重新有了呼吸。

陈春芝说："即便知道了，又能怎样呢？"陈春芝不是不知道偷狗贼是陈礼文，这个人不仅偷狗，遇到春芝，还要偷偷地接近她，对她动手动脚，她极端厌恶，但又不能给对方抽上一个耳光。因为她曾经试过，那陈礼文说了一句"我最怜香惜玉了"，然后跑去找陈冬生，对身体羸弱的陈冬生拳脚相加。所以陈春芝一句“即便知道了，又能怎样呢”，把新仇旧恨都拢了起来。

兄妹俩不禁悲从中来，再一次抱在了一起，哭得肝肠寸断。

## 十三

过了一些日子，就在陈冬生即将抑郁成疾却又一筹莫展之际，隐约听见村头传来了一阵对骂，一人骂道:“我就捡几个死狗又怎么了……你既说这是哪一家的狗，就去树神那里告状，让树神收了我吧！”中间骂了些什么倒是不甚分明。

随着摩托车远去的马达声，来自梁树芬的独特嗓音发出声嘶力竭的痛骂:“天地不容你，这村子里的树神也不会放过你！”

“还有树神，”陈冬生想到了一个办法，“就让树神不要放过他吧。”他把想法与陈春芝一说，问:“你怕吗？”陈春芝语气坚决:“怕什么呢？”

于是陈冬生想办法偷到了陈礼文的毒狗针，又将陈春芝当成了一个陈礼文不会也不能拒绝的诱饵。

陈礼文到见血封喉树下去，是因为陈春芝向他发出了幽会的邀约。他正要扑向陈春芝的时候，陈冬生就在他身后射出了毒狗针。毒狗针很快发作，陈礼文倒下之后，陈冬生兄妹就用匕首割破陈礼文的手掌，用早就采集到的见血封喉树汁液，制造出其自杀的假象。

陈礼文的事情无惊无险地过去了。但太阳底下无新事，新的偷狗贼又出现了。那是陈礼文的“兄弟”陈年会，他不仅同样对偷狗感兴趣，还同样对陈春芝感兴趣。不过他对陈春芝倒是没有动手动脚，而是嘴上经常说着“春芝，你等我，等我有钱了就娶你”。陈春芝有一次明确地拒绝他：“我不会喜欢你的。”他皱了皱眉头问：“是觉得我长得不好看，配不上你吗？行，我去整容。”他所谓的整容，就是对他的地包天进行牙齿矫正。作为陈春芝的哥哥，陈冬生很清楚，陈年会可能对陈春芝确实是有几分真心，但是一个哥哥能让自己的亲妹妹嫁给这样的一个流氓吗？而陈年会在陈春芝身上花费的精神越多，就意味着陈春芝对他来说就越是志在必得。他想起当年在村头为别人家被毒死的狗辱骂陈礼文的梁树芬是个见义勇为且直肠子的老实人，便用毒狗针毒死了梁树芬家的老黄狗，丢弃在陈年会必经的路上，果然陈年会把死狗捡上摩托车后座，而且还被梁树芬逮个正着。梁树芬自然而然地开始叫骂：“天地不容你，这村子里的树神也不会放过你！就像没有放过陈礼文一样！”

梁树芬的诅咒再次应验在陈年会身上，村民们要么觉得是树神显灵了，要么觉得是梁树芬杀了陈礼文和陈年会。

所以当 9 月 30 日的傍晚，周东篱和我出现在陈冬生兄妹跟前的时候，他们先是一脸惊愕，然后百般抵赖。

## 十四

“像陈年会这样对你喜欢得病入膏肓的人，应该很难接受其他的诱饵。所以对他万无一失的诱饵也只有你。”周东篱对陈春芝说。

陈年会喜欢上一个姑娘，所以准时去丁君仁牙医诊所报到，并对丁君仁都口没遮拦地说起过意中人一事，证明在村里知道陈年会到底喜欢哪一个姑娘的，也是大有人在。再调查陈春芝和陈冬生家中因偷狗一事引发的变故，就能发现两人都有明确的犯罪动机。

我又在陈冬生家中的灶膛里发现毒狗针的残骸。

陈冬生对陈春芝说："春芝，终归是害了你。"

陈春芝凄然地笑笑说："如果落入那样的人手中，我还不如就是如此呢。"

关于此案，梁所长是深感愧疚的，他拍着胸脯向我和周东篱保证："如果再有偷狗的，不管能不能构成盗窃罪，都要抓，哪怕只能治安处罚，关上几天是几天，民心最重要。"

是啊，当弱势群体愤而反抗的时候，很可能走上的是一条不归路。

回市区的路上，周东篱学着我当初的语气说："如果，偷的是一条有特殊意义的狗或是偷狗这件事引发了其他不可逆的不幸事件，那么很可能就会有人为了一条狗去杀人。"他又沉重地说，"春喜就是一条有特殊意义的狗。陈阿牛的去世就是偷狗这件事引发的不可逆的不幸事件。"

"真正的不幸是那兄妹俩想掌控自己的命运，到头来还是满盘皆输。不容易啊。"

讨论至此，余下的车程里我们一直缄默着，各有所思。

## 十五

一个星期之后的周末，我有了闲暇，想起有个事情，必须做个了断。

“种一棵树最好的时间是十年前，其次是现在。”这句话萦绕在我耳畔，我是不年轻了，但这只是我的前半生。难道我后半生就容许我的门牙越长越歪吗？不，绝对不行，是要做个了断了。

丁君仁牙医诊所。

“如果你想把门牙矫正过来，我必须把你的智齿都拔掉，另外要拔掉你上面两颗4号牙，由于你天生少了两颗下门牙而做的烤瓷牙也得拆掉，总共要拔6颗牙，包括要拔除1颗全埋伏的智齿，可能要做一个比较复杂的手术。矫正的时间预计为2年，这两年里，除了戴着牙套的不适应，还得忍受下门牙的漏风与不美观，你，真的考虑清楚了吗？”

“嗯，清楚了。”我闭上眼睛的同时，张大了嘴。

“那么这次先拔除同侧的智齿和一颗4号牙。放心，你这样的女人，戴上牙套也不至于太难看。”随着一下尖锐的疼痛，牙医利索地把麻药推进了我的牙龈。

女法医勘查手记

# 入骨相思

# 海温泉

—— 入骨相思 ——

如要隐藏一物，将它藏于他物中自是佳法，

而最高明的做法，则是将它隐藏在同物中。

“如果想隐藏一棵树，森林就是绝佳的地点。”

## 一

南方的初冬，一点都没有冬的韵致，没有霜雪，15℃上下，却是去温泉小岛的好时节。像我自知胸小腰粗，绝对不会跟男生去泡温泉的，所以约的是自由作家巫颜，但我亲切地叫她“彩田姐姐”。

我回忆起第一次见到她时的情景，当时她正用头巾包了全脸，戴着一副镜框斑驳的墨镜，在一个批发市场里的过道边摆地摊，卖一种名叫“彩田”的廉价莫代尔内裤。

她在十米开外一见到我，立即把几个还在挑裤衩的妇女手中的内裤夺下来，抓起地摊油纸布的几个角揪成一个兜往肩膀一甩，就往旁边的小过道跑了进去，她一边跑还一边叫：“城管来了！”附近几个摆摊的人也在几秒之中抓了油布的几个角将物品往中间一颠，拢起来，麻利地背在身上，往不同的方向跑——

“我不是城管！”从过道的另一边堵住她的去路的时，我冲她叫，“你老花眼了吗？我是警察！”我侧过身子，把左臂对准她伸了伸，“请问大姐，您识字吗？”

就这样我认识了自由作家彩田，她的创作室与公安局仅一条马路之隔。她警告我不能把她“体验生活”的经历说出去，她不是觉得不体面，她只是男粉丝多，说出去之后，只怕会更多，而且他们会蹲点守着她的“体验生活”，让她有诸多不便。

有一次办案，我们需要一点资料，我向周东篱提议：“不如去找彩田姐姐？”

当彩田从她的电脑里调出了资料给我们之后，连周东篱都感叹道：“比我们的社会信息资源还要齐全！”彼时，彩田点燃了一根爱喜，慢慢地吐了个烟圈说：“瞧你说的，当个诗人都得认识五六十种植物，想做个作家却什么都毫无了解，那不是尸位素餐吗？再说了，作为一个女人，收集些资料还是比较容易的。”

温泉小岛顾名思义，在岛周遍布温泉。退潮时，可见大大小小的温泉池，涨潮时，部分温泉池会隐没于海水之中。头一天，彩田与我泡在一个池中，她说：“这里正被西边的那池子壁遮挡了，你看看何处有更好的景致？”

我抬头看，那是建在高处的温泉池，视野显然更是要好些。所以，第二天，我把彩田带到了一个两米多高的空中温泉池，这里很清静，而且可以看到海天相接的地方，潮涨潮落，日出日落，如果我们泡个一整天的话。池子比较深，我也不擅游泳，所以我们都是挨着池壁泡着。

突然彩田说：“你老踢我干吗？”

“我？”我看着她不像跟我开玩笑，由于天快黑了，我望向水里，那折射的光线也不清晰。

我深呼吸了一口气，潜入水里。

在近 40℃的泉水里睁开眼睛，真不是一件舒服的事。我很快看清，是一个人影在泉眼水流的簇拥下不时碰撞到彩田修长光洁的腿。我钻出水面喊：“快，找人来，有人溺水了！打 120！”

“那你在这儿等我。”彩田大吃一惊，很快就爬了出去。

我重新潜到水下，这个人已然失去了意识，我从他背后穿过他一侧胳膊，把他拖着往上而去，尽量把他的头部托出水面。

彩田很快叫了几个人回来，把溺水者救上了岸，很明显他的呼吸已停止。我屈膝，将他头部向下俯卧，按压背部，却不见有水控出。“他可能不是溺水！”我按他的胸部进行心肺复苏抢救，直到 120 的医务人员将他转移之时，他仍未苏醒，也没有任何呼吸心跳。

我扶着彩田往回走，我问她：“你没事吧？”她说：“我没事，就是冻着了。”没走多远，就见到了炸两跟一个实习警察匆匆赶来，我便问他：“你来这里干什么？”

“有人报警温泉小岛出事了，我们赶紧过来看看。”说话间，他便将现场用警戒带围了起来。

忙完之后，发现他眼睛直勾勾地看着我，我赶紧在毛巾下抓紧了腰部的位置，我得好好遮住我的小肚子。虽说现在芭比娃娃公司都推出了有着小肚腩的芭比，并以一句“Now can we stop talking about my body”登上了《时代》杂志的封面，但不代表这是主流的男性眼光。

“我想跟去医院看看，那人可能活不了了，但家属都不在，你们来了刚好，帮我照顾我朋友。”我把彩田披在肩上的毛巾整理了一下，趁势往炸两身边一推，“小蓝警官会安排人送你回去，我们下次再约。”

“好，你忙去吧。”

## 二

我真的宁愿自己没有休这个假期，虽说这个假期来之不易，我当时还讨好了周东篱和炸两。

时间逆流到几天之前。年末将至，局里的专题学习活动就多了起来，经常还要事先写好学习心得，然后开会时当众读出，以作交流。但是有些人的学习心得是绝对不会自己写的，仿佛这是一个不值一提的任务——我当然知道这种心态不对，而且我极力反对，因为这些人的学习心得经常摊派给了我，而且要求我结合他们的“本职工作”，即使不得不接了这种活，我往往也是敢怒不敢言。因为我抬头就能看到挂在雪白墙壁上的工作职责啊，除了真正的工作职责，最后总会有一条叫作“完成领导交办的其他任务”。因此，我得帮周东篱写一份学习心得，炸两虽不是我领导，但也软磨硬泡要我帮他写了，还有隔壁一个小领导也厚颜无耻地请我“举手之劳”。所以，当我帮他们结合“本职工作”写完了之后，我自己的就是直接上网下载的。

开会的时候，除了我们的简支队长，许局也参加了，许局巡视了一下会场说：“请同志们按逆时针开始依次发言吧。”大家一个一个地读自己的心得，当反黑队有个家伙开始念了两句之后，我立即举手示意，并跑出了会场。

“依依，你怎么了？你的脸色好难看，不舒服？”炸两尾随我跑了出来。

“反黑队那货的稿子和我撞了，一模一样，我一听就傻了！我要重新找一篇。”

“都是我们不好，你都没空给自己写了，回去吧，把小标题改了，领导听不出来的。”

想想他说得也是，我就“嗯”了一句又跟他回去了。轮到我时，我忐忑地念完了稿子，果然，许局和简支队长都没听出来，我的心也放了下来。

散会的时候，许局走的时候跟我打了个招呼：“写得不错呀，被知网收录的水平了。”

“谢谢许局。”我道了谢。

“你缺心眼啊，他是说你网上下载的，你还谢他呀。”炸两在我身后说。

“咳咳，”许局突然转过身，顿了顿说，“蓝翔，说过你多少遍了，背后要多说人好话，实在改不了，也得小点儿声。”

“是是是，许局。”周东篱三步并作两步过来一拍炸两肩膀，赶紧打了圆场。

“你以后得对许局放尊重点，毕竟他是少有的正儿八经称呼你的人。”我对炸两说。

“我宁愿他喊我‘炸两’，”炸两愤懑地说，“就连‘炸两’这个难听绰号都比本名强上一千倍，自从跟挖掘机扯上关系以后，我一听到那两字就头晕。”

“我倒觉得挺诗意的，在蓝天下翱翔，自由自在，多像你啊！以后我叫回你蓝翔好不好？”我故意逗他。

“你够了！”炸两摆出一副就要原地爆炸的表情。

“是你们够了！”周东篱转而问我，“你不是说要休年假吗？我已经批了，刚开完会支队长肯定在办公室，你赶紧去找他签个字。”

“好，那我签好就直接休去了，趁着没有案子——”

“行了，赶紧闭嘴！”

## 三

以前听说一个报纸的讣告版的编辑休假，那整整一个月讣告版都没有消息，死神也休假去了，这一直传为美谈，报社的老总没事就让那个讣告版的编辑去休假。可是我，区区一个小法医休两天假，死神还跟着我泡温泉去了。

我赶到医院的时候，那名溺水者已经被确认正式死亡。死者姓曾，他的家属们也已先后赶到。他们不相信他会溺水：“没可能，他游泳以前在市运会还拿过奖！一个温泉池怎会让他溺水！”“一定要查清楚！”

有人问出了重点：“是什么人发现他溺水的？”

“是我。”与此同时，我出示了警察证，医护人员也证明他们抵达时，我还在给溺水者实施心肺复苏术。

“他大半年前就曾遭人恐吓，他肯定是被谋杀的。”提出这个结论的是死者的儿子小曾。

“话不能乱讲。”家属们提醒他，但他显然不是为了哗众取宠而闹大这个事，因为问题的焦点并不在于指责我或者医护人员们抢救不及时，而是质疑曾先生的死因。

周东篱不知何时到了，说话之间碰了碰我的手肘，当是跟我打了招呼。

我再次请求看了看死者曾先生的眼睛，溺死的尸体结膜处常会有溢血点，可是他却没有，我悄声告诉了周东篱。

“都怪那张免费门票！不去就没事了，真是没有免费的午餐！”小曾依旧激动。

“那么就交给我们查清楚吧。”周东篱说。

经家属们同意，我请弟兄们将尸体转运，安置到了殡仪馆里的解剖室。

“你们还要不要跟来看？”我循例一问。

他们说不看。当然也没有几个家属愿意看至亲之人被解剖的。最近的案子，我只做了尸表检查就能破案了，也就没有必要解剖，但这一次，要查清楚是否因溺水而死，想必还是要解剖，看看肺部吧。

周东篱小声说：“行啊，小刘，上哪儿玩哪儿死人。”

“没空跟你扯犊子，我要去解剖室了。”

“我也跟去看看。”

“话说回来，你怎么这么积极自己跑医院来了？”

“不知道吧？这个曾先生可不简单，是我们江州市论坛上的公知分子，网名ID是‘曾子曰’，经常曝光一些事情——你懂的，会是些怎样的事情，反正要是他真是被谋杀的，这事情可小不了。就算他不是被谋杀的，我们也得让他的家属先安定下来，把事情弄出个结论才好交差。”

解剖室位于江州市桃江区北部的北郊公园西沿的永久墓园。周东篱开车到了墓园，下了车就直奔解剖室，我一路小跑跟在他后面：“走那么快，也不怕闪了腰。”他装作没听见，但脚步缓慢而细碎起来。我又不依不饶地说：“娘炮。”

进了解剖室，我们各自取了解剖服。我不知你们去没去过解剖室（当然你们没去过），经常有人质疑电视剧里的法医没戴口罩，我来说说这是为何吧。就说这个解剖室吧，有无臭通风系统，空气是由解剖室顶端四个角进来，却由解剖台底下将空气抽出去，所以气味不会往上飘，我站在这里工作，即使不戴口罩，也是不会闻到任何异味的。

“请原谅，我要动手了。”我装上了解剖刀。

“你跟谁说？”

“这还能跟你说？快闭嘴，帮我开个录音笔。”

周东篱按下了录音笔，笔端的信号灯开始闪烁。

“如果他是溺死的，那么，在溺死的过程中应该有相当的水会进入胃中，可是胃中未见足量的水……胃黏膜充血，有水疱，胃窦部有肿瘤，呈球状包块，数量不单一且有嵌叠……整个包块 3.1 厘米 ×3.5 厘米。胃内容物见有绿色翼片。因为案发现场是海水温泉，有高度盐分，因而如果液体从血液吸入肺组织，会引起严重的肺水肿，同样未见肺水肿。

“意外死于水中者的死因，除了吸入水会导致窒息死之外，其实原因还有很多，需要一一排除。比如突然淹没于冷水的原发性休克，比如心循环障碍，可是这是近 40℃的温泉啊；比如胃死亡，是饱餐之后充满食物的胃将膈肌向上压迫，妨碍心肺运动导致的，显然也不是，因为他的胃里并没有多少食物。口、鼻、咽、喉未见棉状泡沫液、泥沙等杂物，却见有水疱。

“他很可能死于中毒。”

我正要把胃内容物装进检材袋。

“行了吗？”周东篱问我。

“行了。”

我话音刚落，他就关掉了录音笔，走近前来，指了指胃部的肿瘤说：“这看起来是不是有点像关东煮里的东西。”

我淡然地告诉他：“何止像关东煮，像所有的撸串，鱼蛋。”

周东篱眉头深锁道：“那你还爱吃？”

“像而已，又不是，以前不是有些社会新闻曝光吗，用猪肉瘤做云吞馅儿，口感劲道一流。你看这肉质……”

“把这个也打包。”

“你想干吗？”我惊讶道，“用胃内容物已经足够检测出是否中毒。”

“听我的。”

我把胃窦部的肿瘤剥离出来，和胃内容物检材分开装袋，然后开始用皮肤缝合器给曾先生的遗体打钉。

“我们队里什么时候配备这个了？”周东篱突然问。

“哦，我自己买的，方便，如果在外人看得见的部位，我也是缝的，”我想赶快蒙混过去，“老实说吧，我针线活做得不好。”

“我看你是懒吧。”

完成了一些后续工作后，我们一起离开了解剖室。

## 四

我把两份检材送去了技术中心的实验室。

“得花个小半天。”收检材的陈轩这样告诉我。

“哦。肯定的，又不是早孕试纸，五分钟就能看结果。”见我如此善解人意，他就笑了。相反，有时候某些领导会催我要实验结果，我一旦这样解释，他们就不高兴了，只会说“你骗我不懂是吧？行也要行，不行也要行”。这方面周东篱倒挺好，从不在自己不专业的领域大放阙词，当然我也是。后来我还对陈轩补充了一句：“有劳了！”

他笑道：“我会尽快的！”

我回办公室的时候，周东篱已经联系江州市中心医院肿瘤科调取了曾先生的医疗记录，包括他做过的检查医生开的处方，还有住院时的病程记录。江州市只有几家省三甲医院，假设曾先生是胃癌患者，他免不了会在本市肿瘤科最好的中心医院里做过治疗。

没过多久，我收到了中心医院传真过来的资料。我看了看，对周东篱说：“还真是胃癌，我们现在就要去中心医院吗？”

“先等等，”周东篱看了看手表，“八点多了，现在医院的领导也早已下班，我想等理化结果出来再决定。”

枯坐了三个小时，我接到了技术中心陈轩的电话，我按下免提：“依依啊？我用二甲氨基苯试剂做了显色反应，现紫红色，但阿托品也有此反应，所以我又做了升华实验……”

“你挑重点的说！”周东篱打断了他。

“周队？哦，周队，是这样的，升华实验在显微镜下观察到短棒状结晶……”

周东篱狠狠看了我一眼，“你快跟他说清楚。”

“是这样的，大哥，我们周队想知道送去的检材，胃内容物到底有没有毒？”

“啊，你们要问这个啊，有斑蝥素，致死量。另外的肿瘤呢，是癌块，”他倒是一下子变机灵了，“没什么吩咐我挂了啊，检验报告记得来取。”

听到陈轩现在才说那肿瘤是癌块，我对周东篱嗤之以鼻，“医院都能给出治疗记录了，还需要化验这个？多此一举。”

周东篱不紧不慢地说：“因为有可能是良性肿瘤呀，所以要双向核实。”

我听出了弦外之音，“你的意思是医生有可能……”

周东篱说：“我从来不做臆测。”

然后我又收到陈轩发来的一个微信:“我还拿残留物用植物油溶解，涂在我手臂上，都长水疱了，确信是斑蝥素，你可得谢我哦。”完了他还发来了一张自拍，那是一张手臂皮肤发红、长了水疱的图，比了个V形手势在脸侧。

“看什么呢？”

“没什么。”我赶忙收起了手机。

我家离得近，只有两三公里，所以我在局里没要宿舍，偶有案子的时候，我就坐在自己的椅子上睡，一夜无梦。

## 五

闹钟7时将我闹醒。我睁开眼睛时，周东篱已在我跟前，他说:“今天局里饭堂吃香菜包子，我估计你不吃。”

“是不吃。”我眨眨眼。

“可是法医不都是最爱香菜吗？据说带在身上可以除尸臭。”

“是呀，香水也可以呀，难道你喝香水吗？再说了，你知不知道有个世界反香菜联盟？说香菜是‘魔鬼的屁和撒旦的腋臭’？”看着他一副不知道的神色，我得意地说，“而且科学家已经发现有些人对香菜的嫌恶是基因层面的，我想我就是那种人。”

“对了，你是为了告诉我，我今天会没有早餐吃吗？”

“谁说没有呀？”他拎出一个袋子和一个杯子。杯子里面是冒着热气的高汤，袋子里装着云吞。他把袋子里的云吞倒入高汤里面端给我。

“哇，是恒香店的云吞吗？还能这样打包？”

“难道装在一块糊了吃？”他又掰开一双一次性筷子给我，“拿着，走吧。”

“你呢？”

“我早起，没吵醒你，在那儿就已经吃过了。”

“你是特意给我买——云吞的吧，猪肉瘤馅儿的？”

周东篱装作没听见，换了话题：“出发，我们去中心医院。”

到达医院之后，周东篱直接去了郝副院长的办公室。郝副院长，之前是简支队长打过招呼，让他来接待我们的。

“二位警官，这边请，资料都备好了。”郝副院长把我们带到一张茶几旁坐了。他稍稍致歉：“不好意思，因为现在有规定，都不许在办公室摆功夫茶桌了，只能泡点普通的茶。”

“院长客气了，”周东篱看了看资料，上面有医生开给曾先生的处方，“用药有去甲斑蝥片？”

“肯定的，这药对胃癌临床治疗效果不错。”

“去甲斑蝥片里真的有斑蝥素？”周东篱接着问。

“那是自然，”郝副院长的脸色愠怒，“难道说用老鼠肉泡羊尿装成羊肉吗？”

“我们不是这个意思。因为斑蝥素有剧毒，想核实一下这个药里面是否有斑蝥素。”

郝副院长脸色稍稍缓和：“是药三分毒，有剧毒，但也有致死剂量。如果遵照医嘱，是不可能出事的。”

“遵照医嘱？对了，这里最近几次开处方的人都是曹医生，”周东篱冲那沓资料指了指，“关于曹医生，有什么我们需要知道的吗？”

“不如你们自己去问他吧，这个时间他就在肿瘤科门诊坐班。”郝副院长翻转病历的封底，看了看医生坐诊安排表说。

谢过了郝副院长，我们直奔肿瘤科门诊。

远远看见诊室门开着，里面坐着一个斯斯文文的中年男人，想必就是曹医生了。

“曹医生真是心宽，出了这么大的事，还敢坐班。”我悄声对周东篱提出了心中的疑惑。

周东篱说：“人家心宽是因为坦荡啊，但不管怎么说，还是得走一遭。”

“什么？我开的去甲斑蝥片还能吃死人？”听我们道明了来意，曹医生拍着桌子怒了。

“别说去甲斑蝥片，就算是感冒药，达到了致死量一样能吃死人。”我说。

我接着说：“斑蝥素，一次服用 1.5 克就是足够的致死量。去甲斑蝥片每片含斑蝥素 5 毫克，也就是说如果他服用了 300 片就会致死。”

“哈哈，真是好笑了，我这个月才给他开过一盒，一盒 2 板，每板 12 片，加起来乘以 10 倍都没到致死量啊。”

见我不再开口，曹医生更得意了，“美女警官，我再跟你说，就算药是我开的，我白纸黑字写了用法用量，他自个儿都吞了下去，可也是与人无尤的。”

这时周东篱的手机响了，他说：“知道了，你回局里等我们吧。”

## 六

“曹医生，恐怕你得跟我们走一趟了。”周东篱挂掉手机，对曹医生说。

“为什么？”他难以相信自己的耳朵。

“为了证明你清白，去了你就知道了。”

炸两早已在局里等着我们，原来他昨晚替我将彩田安置好，就带了另一个同事去走访了曾先生的儿子等人，并得到了一些重要的信息。

“这就是曹医生吧？”炸两开门见山地问，“你跟死者是什么关系？”

“还能有什么关系？医患关系啊，这不，好好地治病救人，却被你们怀疑上了。”

“死者儿子小曾说你跟死者曾先生还是网友？经常在我们江州市论坛上切磋论道？”

听到炸两这么说，曹医生的脸色有点不自然起来，但也是老老实实地回答：“立场不同，观点存异也是正常的。在论坛上是有过摩擦。”

当互联网深入我们生活的细枝末节之后，越来越多的社交软件、论坛上有许多我们有意或无意留下的痕迹，像曹医生，他是自愿留下真实的痕迹，他自己注册的ID是“圣手老曹”，他与“曾子曰”曾在江州市论坛上有过怎样的交集都能尽收眼底，他实际上也是无可抵赖的。

“小曾还说他父亲曾经在网上曝光你经常让患者到医院门外 10 米处的药店购买非处方药？如果你打过招呼的话，连处方药都能买得到？那药店到底是不是你开的？你们还因为这事在网上闹开了。”

“这事，医院的纪检都查过了，空穴来风；若有，我还能继续在我们医院——江州市最好的医院——里上班吗？”

我偷偷看了看周东篱，他轻轻地摇了摇头，一切尽在不言中。

周东篱终于开腔：“既然你跟他有龃龉，早就尽人皆知，为什么他在几次住院治疗时还是要你作为他的主治医生呢？而且即便是看门诊，他看的也都是你的门诊呢？”

“这还不好懂吗？正是因为所有的目光都盯在我身上，我还敢害他吗？他得罪的人这么多，他还敢轻易找谁看病？而我都没动手，却也背了黑锅。”曹医生意识到事态严重，苦着脸。

“别乱说，我们可不会让任何一个无辜者背黑锅的。”我严肃地说。

“你刚才说他得罪人多，得罪了什么人？”

“我哪里记得，我只知道有一回，他被某个网民说他并非自己标榜得那样清高，毕竟他是江州市的风向标嘛，有时候他一句话就能带动一片舆论。”

“那个网民具体说了什么？”

“具体倒是不记得，网上肯定都有。大意就是说‘曾子曰’是另一家药房的‘托’，这种人必不得好死之类的，我当时看了心中还真是解气。可后来事态的发展就不是这么回事了……唉，不想说了，你们自己去看吧。”

“案子没查明之前，你不得离开本市。”周东篱交代了一句，就让曹医生离开了。

## 七

既然很多线索都埋在江州市的论坛里面，我提出：“我想看一下曾先生用过的电脑。”

“我已经拿回来了，是台笔记本，就在物证室，”炸两说，“我这就去拿给你吧。”

“小刘，辛苦了，你心细，你一定得把曹医生提到的那个网民的ID找出来，那恐怕是破案的关键了。”

“是。”在这件事情上我是当仁不让的。我不是计算机专业毕业，但是我会用很简单的办法快速完成很多东西。除了投票刷票，我还能设计出周密的步骤，用按键精灵录制动作制成脚本，将全局几千人的信息逐一导出，制表，然后正反打印做成各种审批表，起码几个人加班干一个月的活，我一个人干两三天就可以了——这还不是我坐在那里的劳动时间，而是电脑运行的时间而已。所以政治部人事处一有大任务，就要把我借去。至于我为什么会懂这些，是因为，我喜欢打游戏机，从读书时候打街头游戏机，到后来打网游，到进了公安系统大多数时候只能上局域网，所以不方便打网游，我就打手游。可能有些人会觉得，为什么很多人也喜欢打游戏，却不会写脚本呢？我只能说人各有志吧，我是一个喜欢破解谜题和提升工作效率的人。

我打开了死者曾先生的笔记本，并连上了互联网，江州市的论坛就在他的收藏夹里，他的 ID 就是“曾子曰”，一旦进入网站就能自动登录。我登录之后，在“曾子曰”个人信息资料里面查看“我的帖子”和“我的回复”，我的确发现“曾子曰”不是一盏省油的灯，有事没事都要跟人开撕，大概在今年 4 月中旬，“曾子曰”因揭发“圣手老曹”诱导患者到 A 药店买药而引起轩然大波，“圣手老曹”当时也就在网上反驳了几句，论据乏力，舆论倒向“曾子曰”。可没过几天，网上出现了一个新注册的 ID“Shirley”，在注册的当天就发了一个帖子，说“曾子曰”是 B 药店的“托”，如曹医生所陈述的，那个“Shirley”言辞激烈，诅咒“曾子曰”不得好死。幸好那个网管也不太严苛，一些回帖屏蔽了，估计有谩骂，但是绝大部分还是真实地保留了下来，因此我也能看得到事件的全貌。

我一边查，一边细细地说给周东篱听。

周东篱突然问：“有人把‘曾子曰’的事也捅了出来，曹医生也就是‘圣手老曹’还为这事高兴来着，可他为什么又说后来事态的发展就不是这么回事了？到底发生了什么？”

我继续翻帖子：“因为‘曾子曰’突发奇想说‘Shirley’是‘圣手老曹’的小马甲，发这些出来是为了……报复。”说完我侧头看了看周东篱。

“然后呢？”

“然后？然后‘曾子曰’一连发了几篇文章都是攻击‘圣手老曹’的，就像这个《圣手为名，兽心为实》《一个肿瘤医生不可不说的过往》……这些明眼人都能看出是在含沙射影说‘圣手老曹’曹医生的，连他的私生活都挖出来了。”

“这样？”

“哎？这样说曹医生的嫌疑真是越来越大了！”我叹道。

“我倒越发觉得曹医生是被人嫁祸的，”周东篱说，“第一，整个论坛都知道‘曾子曰’与‘圣手老曹’为敌，也就是他早已暴露在众人目光之下，他是不敢轻易动手，这也是‘曾子曰’依然肯找他诊病的理由；第二，致死量的斑蝥素又是一个疑点，正因为他开出的处方用了去甲斑蝥片，所以如果真是他杀的，他应该用其他毒素避嫌才是。所以，我认为真正的凶手一直躲在暗处，他既挑选了适当的时机，引发两者之间的猜忌，又留下了线索给我们，还清楚曹医生是用去甲斑蝥片治疗死者曾先生，如果我们稍有疏漏，他的嫁祸就成功了。”

周东篱想了一下，补充说：“你有没有想过凶手的动机很可能不是针对曾先生，而是针对曹医生，因为曾先生是一个病入膏肓的胃癌患者，又何必铤而走险呢？”

“你分析得是。我可想不了那么多。那个‘Shirley’后来居然还帮‘圣手老曹’辩护了，很有此地无银之意，说自己并不是老曹，我当然相信他说的是实话，可是网上的吃瓜群众信吗？都不信。周队，你给网监的安队打个电话，叫他帮忙查一下‘Shirley’的 IP 地址吧！”

“我这就去问。”周东篱说罢掏出了手机，给安队打了电话。

## 八

半小时之后，安队反馈说，那个 IP 地址挂在国外服务器上做了伪装，反正就是查不了。

“怎么就查不了呢？”我以为网监是无所不能的。

“我怎么知道，人家说查不了就查不了。他还说，说了你也不懂。”周东篱一脸认真。

“算了。”我点开“Shirley”的资料，这是一个有备而来的 ID，只为铺开与“曾子曰”的战场，然后将战火烧到“圣手老曹”那里，所以这个 ID 里可见的资料并不多。唯一能够看到的是“Shirley”用了一个漫画头像。这个漫画是三个足球明星的背影，从左起依次是 C 罗、卡卡、梅西。除此之外，没有其他任何资料了。

“即使是要对别人进行攻击，有些人还是会自负地留下自己的痕迹。比如这个漫画头像，他原本可以用默认头像的。”周东篱纳闷道。

“周队，我却是这样理解的，因为在论坛里，唯有个性化的形象才能容易得到受众，特别是他想要撼动一个‘公知分子’的时候。当然了，他认为就算给出一个漫画头像，我们还是无论如何也找不上他的，现在看起来就是这样，所以在他认为没有危险的时候，自然就会放松了警惕，放松警惕之下，他给出来的就是真实的信息，比如这个漫画里透露出的信息。”

“透露出什么？”

“足球。”

“可是信息只能去到这里的话，我们根本破不了案啊！”

“他的名字是‘Shirley’，但是却用了足球明星的漫画头像，我觉得是故意用了女性的名字和男性的爱好混淆视听，但这个‘Shirley’肯定有其他含义。比如，李克勤有一首歌叫《My Shirley》……My Shirley，My Shirley，只因痴心终遇上所以一片痴情……”

“行了别唱了，五音不全！我都起鸡皮疙瘩了！”

“你听过吗？”

“有点印象。对了，李克勤，我也挺喜欢他的，他喜欢足球，还经常客串做足球赛主持。”

“行了，给我一些时间，我一定会将这个‘Shirley’揪出来。”

“揪出来有奖！说吧，你想要什么？”

我想了想说：“等元旦吧，那个枪战游戏一定会上架新枪的，你送我一把紫色狙击枪。最好还加个新皮肤。”

“行，如果你真能查出来的话。”

一直在旁边一声不吱地打手游的炸两倒是说话了：“你若查得出来，我再送你一把紫色机关枪又怎样。”

“那怎么好意思，我的大名整天挂在大区的枪神榜上，过意不去。”

## 九

孤军奋战两个小时零七分之后，我如释重负，给了周东篱一个名字：“吴长天”。

周东篱把“吴长天”的资料查了一下，立即说：“这就像了！一个躲在暗处的熟人！”

这个吴长天是江州市中心医院的骨科医生。

“我不想再去找那个郝副院长了，说话挺没劲的，”我猜想周东篱又要我跟着他去中心医院找郝副院长，我立即断了他的念想，“你带炸两去，我在这儿干后勤算了。”

“不用找那副院长，何况现在都几点啦？人家也下班了，我可一刻也等不及了，我想起有个高中同学小何在中心医院当医生来着，我打个电话找他问问。”

谁知小何一接到电话就说：“我正在当班呢，你们过来吧，电话里头讲不方便。”

因为并不需要找郝副院长，我也没多大抵触，就跟周东篱去见医生小何了。

小何早就知道我们的来意，但还是很客气地说：“我知道的事情不少，但由我来说恐怕是杂乱无章，还是你们提问吧。”

“骨科的吴长天跟肿瘤科的老曹有没有什么关系，或者说有没有什么过节？”周东篱开门见山。

“关系？倒没听说有。至于过节，恐怕也算不上。过些日子，财务科的老张科长要退下来了，院里早就风传要在两个人选里推出一个接任，原本一个就是骨科的吴长天，一个是肿瘤科的老曹，可就在公示人选后不久，就有人发布小道信息说老张科长是吴长天的舅父，后来医院党委一查，还真是，就把吴长天撤了下来，另补了一个人选上去，可是那个人跟老曹的能力根本不在一个档次上，一看就是陪衬的份儿，老曹去财务科当科长，已经是走走过场的事了。”小何说。

“一个财务科的科长职位，至于闹腾出这么大的动静吗？”我不解。

小何似笑非笑地看着我说：“这就不懂了吧，这个财务科长的职位，是晋升更高层次的职位的……军事要塞。”

周东篱和我对视了一眼，我们大概都听懂了。

“请把那个吴长天的情况，再仔细说说吧。比如家里情况、他本人有无恶习之类的，都可以讲。”

“他家里好像有个养殖场吧。恶习？哪方面？如果是说赌博，倒是没听说过，平时他的消费也是很节俭。”

“养殖场？养什么？”周东篱追问道。

“还能养什么？养猪养鸡啊，难不成还能养虫子？”我说。

“还真是养虫子，”小何皱了皱眉说，“我不记得什么虫子了，我知道你们在想什么，不是斑蝥，不是这个名字。”

周东篱向小何道谢，与我一同离去。他跟我说：“我们离真相已经很近了，只是，有一事我想不明白，如果真是吴长天，为什么吴长天都被撤换下来了，他还要嫁祸老曹呢？得益的不是他啊，不合理。”

## 十

第二天，周东篱问我：“小刘，陪我再去一趟中心医院怎样？”

“我还能不去吗？又找谁？”

“谁都不找，观察一下。你换便装吧。”

“要去多久？”

“看运气。”

在去之前，周东篱还让我将他的左手别有心机地包扎起来，我打了个活结，如果有必要的话，只要几秒就能把全部绷带拆掉，一点不影响他的活动，但此刻就伪装成打了石膏的样子，外套都是披在身上而已。所以是我开的车，我与这个“骨折病人”去到了骨科。我与他坐在一条候诊的长椅上，这个长椅的位置十分好，既能看到附近的几个楼道出口，又能看到开水房。不久，见到一个黑黑壮壮的男医生疾步而过，我知道，那就是吴长天，因为我们都将他的资料看得滚瓜烂熟了，一个开着养殖场，三天两头出境游的男人。

“如果一个男人自己有养殖场，又有稳定的工资，并无恶习，浑身上下都没有一件奢侈品，为什么会有频繁的出境记录，而且还要觊觎一个并非位高权重的职位呢？”周东篱问。

我立即回答：“唯一的可能，是女人，他背后有一个很爱花钱的女人。”他颔首。我跟周东篱等了一个多小时，见到一个漂亮的女护士走到了开水房，确实漂亮，因为我看到周东篱对她都目不转睛。

“她的眼镜框很好看，”我喃喃道，“我一直想海淘这个款，有些贵。”

“知道为什么一定要你跟着来吗？”

“为什么？”

“因为女人看女人眼毒。”

我还没来得及反驳他的理论，只见吴长天也从诊室里钻了出来，往开水房走去。这时周东篱不知从哪里拿出一只水杯，“现在你去开水房帮我装点水吧。记得看那个女人的胸卡上写的是什么名字。”

我站在开水房门口，见女护士接了水，然后看到吴长天，她便笑了，“吴医生，真巧。”她放下手中的水杯，接过吴长天手中的杯子也帮他接了一杯水，礼节客套得不像有任何的瓜葛。因为水箱是两个水龙头的，我也不便一直盯着那俩看，我也从另一个水龙头低头接水，但女护士将杯子递给吴长天的一刻，我从面前铿亮的不锈钢水箱的影像中看到吴长天的手故意往上碰在女护士的手指上，这是很隐晦的调情，我以为。

从开水房出来之后，周东篱也从远处走来，不知他上哪儿去了，他问我：“看到名字了吗？”

“看到了，许艳芳。这就是他背后的女人？”

“我们来看看到底是不是吧。”周东篱站了起来，快步走出医院，我急忙跟上，探身到他臂前解开了绷带的活结。

回到局里，周东篱把许艳芳的出境记录也调了出来，他把吴长天和许艳芳的记录圈给我看：“这半年就有四次同年同月同日前后相差不过几分钟经过同一个关卡的记录，而且他们医院这半年来根本没有组织过任何集体旅游，你觉得只是巧合的概率有多少？”

“0，概率为0。可是他即使与这个女人在一起，为什么要鬼鬼祟祟，而且老要带她外出呢？”

“一是因为他有老婆，二是因为这个女人和他一起的大部分原因是他肯在她身上花钱。这个女人是两年前参加工作的，自从她参加工作之后，这个吴长天的信用记录就变差了，隔三岔五还不上款，就这半年来说吧，还不上款的时间都恰好就是出境日期之后的后一个月，这也正好是信用卡的还款周期。他的支出与收入情况根本不相符，绝对是入不敷出。只是后来他却不知从哪里弄来了钱，虽然迟还，但到底还是还了。”

周东篱总结道：“看，美女，就是蛇啊。”

又过了一段时间，周东篱还在系统里查社会资源信息，一点没有要离开电脑的意思。

“你记不记得我之前说过凶手的动机很可能不是针对曾先生，而是针对曹医生？”

“现在看起来确实是这样。”我想了想说。

“你又记不记得我同学小何说过，财务科长后来另补了一个人选上去，可是那个人就是陪衬的份儿，曹医生去当这个科长已是板上钉钉？组织来考察的日子就在两天后。那个人动手还真是挑准了时间啊。”

“啊！如果曹医生就在这个节骨眼上出了事，那个原本不可能的人就是可能了？就不再替补人上去了？”

“据说是不再补了，”周东篱突然指着屏幕上一个人的户籍地址说，“那个本来一点机会都没有的人，户籍地是跟吴长天一个地方的，估计是远亲。”

“小刘，我交给你一个任务。两天之内，你跟炸两去搞清楚吴长天的养殖场到底养的是什么虫子。”

“那你呢？”

“我另有安排。”

## 十一

“吴长天的养殖场到底在哪儿呀？”炸两问我。

“别急，周队给了我地图。”我掏出一张名片，上面有一个收购虫子的贾老板的电话。

“这是哪儿来的？”

我想了想说：“估计是他装成骨折那天，趁吴长天上开水房的空当，进他的诊室里面‘顺’来的。”

我直接就给贾老板打了个电话，问他：“贾老板，你收的都是些什么样的虫子啊？”

贾老板说：“肯定是收一些能制药的呀！斑蝥、青娘子、红娘虫、壁虎、蟾蜍、蜣螂，好多啊。”

“什么？你说的好多虫子我都没听说过，要不，你就发一份到我邮箱吧！我养殖了很多虫子，物美价廉，你将收货价都一起发过来吧，我的邮箱是 huoguan233@126.com。”

贾老板果然是生意人，动作迅速得很，很快就将邮件发了过来。收到了贾老板的邮件之后，我将邮件里提到的昆虫逐一查过，原来除了斑蝥之外，青娘子也含有斑蝥素！而且直接从虫体提取的斑蝥素比去甲斑蝥片里面的斑蝥素含量要高得多。

我告诉了周东篱，但周东篱只是点了点头，就匆匆地走了出去。

我还要再核实一下，于是又叫炸两按下免提，给那贾老板打了电话："听说中心医院骨科的吴长天医生说你这儿有上好的虫子，叫什么来着？可他说养殖场太远，我要的又不多，贾老板，你可否让一点给我，至于价钱嘛，好商量。"

贾老板疑惑又愠怒地说："什么吴医生，呸！他的厂子早就倒闭了，你不就想要青娘子吗？行，你要多少？"

"青娘子吗？"

"对呀，那色鬼吴原来养的就是青娘子。你到底想要多少？"

"哦，我还是不要了，谢谢啊。"

"这色鬼吴介绍的都什么人呢这是，整一个神经病，不骂死他我不姓贾。"贾老板怒气冲冲地挂了电话。

"炸两，不好了，这家老板脾气暴躁，估计还真要打电话去骂吴长天了，免得打草惊蛇，我们赶快到中心医院去。"

我跟他去到医院时，周东篱早已带齐人马在骨科门诊部。

"在温泉小岛的休息室里，我们找到一个塑料袋子，里面残留有青娘子粉末，而塑料袋子上提取到的指纹跟从你办公室门锁上提取的指纹完全吻合。温泉小岛免费提供饮料和果盘，而你从江州市论坛上早就了解到曾先生喜欢喝的正是颜色和味道都浓重的黑咖啡，所以你终于有了可乘之机。再者，就连那张'免费'温泉门票都是你故意夹在他家的报纸里塞进信报箱的，因为温泉小岛根本就没有搞过免费送票活动！也因为门票是按时间出售的，所以你对他的行踪了如指掌，而且你还担心他将票给了儿子，所以你按他家里的人头送了好几张，确保人手一张。我没说错吧？”

吴长天长叹了一口气，乖乖地束手就擒，这时离考察的时间只有不到 24 个小时了。一起被刑侦弟兄们带走的还有财务科长老张，他指着吴长天的鼻子说：“你呀！你呀……唉，真是害人不浅哪。”

## 十二

周东篱将一些他掌握的事情告诉了我们，慢慢填补上案情的空白。

“我将吴长天的主要社会关系都查了个遍。”周东篱说。

原来，财务科的老张科长真的是吴长天的舅父。老张和吴长天的母亲原是姐弟，他们的母亲死得早，长姐如母，吴长天的母亲将老张拉扯长大，因此姐弟俩的感情非常好。而老张在十多年前是人事科的科长，这也是吴长天从一所三流的医学院毕业也能进入中心医院的原因。老张一直没有结婚，因此也没有一儿半女，所以他待吴长天就像亲生儿子一样。他为了吴长天开办一个养殖场挪用了公款，而吴长天的养殖场早就因为经营不善倒闭了。吴长天还有一个哥哥，经营着一家规模不小的中药房，吴长天就是那中药房的间接供货商。据吴长天哥哥的一个老店员讲，他们是亲兄弟明算账，可是他哥哥何尝不知道他的实际意图？吴长天是怕当初刚刚起步的哥哥赖账，所以找了个上家，也就是贾老板，他宁愿把虫子贱价卖给收购的贾老板都不愿意直接卖给哥哥。所以当吴长天的虫子养殖场倒闭，囊中羞涩还不上信用卡，本该出手相帮的亲兄弟却对他不闻不问。是的，这种人，谁肯帮？所以吴长天只能自食其力，当“圣手老曹”和“曾子曰”在网上互怼的时候，他还真是高兴，他终于有机会让曹医生栽跟头了，于是他就想了个“Shirley”出来，让他俩的战争升级。

“我还听说，吴长天的养殖场是被人喷了杀虫剂，财富是在一夜之间灰飞烟灭的。不过这又是另一件事了。”周东篱继续说。

我也终于明白了，其实吴长天并不想要什么财务科长的职位，他只是想保住铁饭碗，老张想保住的却是好名声和退休金，可是啊，万一那曹医生一上任财务科长，什么都查个清楚还得了？一个小小的科长离任并不需要审计，当吴长天被知情人发布消息说是他的亲外甥时，老张自知吴长天继任无望，但只要是自己的人就好了，所以，老张又想了办法，背后做了些工作，这样，吴长天的一个远亲就替补上去了，因为只是吴长天的一个远亲，跟老张的推荐倒是显得毫无瓜葛。

## 十三

“案子是破了，但你们是不是还欠我两把紫枪？”我突然想起这事。

“哦？那你倒是先说说看，你是怎么发现那个‘Shirley’就是吴长天的？不说出来，谁知道你是不是猜的呢？”炸两一副想要抵赖的语气。

“哎，还记着这事啊？你猜给我看呗，”我骄傲一笑，“姐姐现在给你们上课。上次不是说到那个‘Shirley’十有八九是李克勤的粉丝吗？可李克勤的粉丝好多啊，我母亲也是，估计周队你也是啦，可是周围有那么多人是吗？那就绝对没有。一般的粉丝都喜欢组个团讨论交流什么的，最喜欢去的地方就是百度贴吧、豆瓣小组等地方了。我看到那个‘Shirley’在江州市论坛跟人吵架的时候，很喜欢引用别人的话，然后以分割线为界，再说自己的观点。分割线什么地方用得最多？那必然是论坛，天涯论坛也经常用到分割线，不过天涯不在讨论之列，我要找的是百度的李克勤贴吧。我分析了这个‘Shirley’在江州市论坛里很喜欢用‘《《《《《《《《’做分割线，而且说话的语法有明显的标志，说话喜欢倒装、形容词后置、状语后置……”

看到周东篱和炸两一脸迷茫，我就简单一点解释：“比如说吧，他跟人吵累了，还写了一句‘不说了，我把声都沙了’，看出问题了吗？不要看他用普通话来写，可是一看就是习惯说粤语的人。我在百度贴吧里找了很久，终于找到一个人，他用‘<<<<<<<<<’做分割线，虽然‘《《《《《《《《’和‘<<<<<<<<’看起来是如此不同，但细心的人绝对会知道，其实只要通过同时按下‘shift’和‘ctrl’不断转换输入法，你会发现，这两个分割线都是按下普通键盘里‘M’右侧那个‘<,’键就可以出现的，”说这些符号的时候，我不忘在草稿纸上画了出来，方便他们理解，“而且贴吧里的这个人的语气和语法，跟江州市论坛里的完全一样，只是他不再用普通话，而是直接写粤语，我想这也是因为他在江州市论坛那边兴风作浪，所以别有居心地做出的伪装。”

“可是，我说小刘啊，你证明了‘Shirley’是百度贴吧里某个ID

没有用啊，等于证明了某个苹果跟某个梨子等重，你却不知道这个苹果或者梨子到底几斤几两？”周东篱还是纳闷。

“这就问到点子上了！”我得意扬扬，“这个人曾经缺钱，对，就是缺钱，他发了个帖子，要把他收藏的李克勤 LP 黑胶唱片拿出去卖。一方面他想用自己的常用 ID 争取吧友的信任，买他的唱片；另一方面他又担心日后可能会有别人搜索他的常用 ID 的时候会将他的邮箱也搜了出来，所以他还注册了一个只发过几个帖子的小马甲，在原帖下写了一个邮箱，以作联系方式。这样的话，只要时过境迁，帖子沉了，绝对不会有人发现这个 ID 与这个邮箱的实际关系。如果是在 2012 年之前，他还能省事多了，因为贴吧是 2012 年 7 月之后才取消了匿名发帖的限制。”

“知道了邮箱就能知道名字？”

“这个就非常幸运了。得多谢马爸爸，我把这个邮箱输入了支付宝转账，不用真的付款，点击‘校验收款人姓名’就行了。不过现在不显示姓，只显示名。以前我曾经试过，也是在 2012 年之前，绝对是 100% 显示全名的。2012 年，真是神秘的一年，从那一年开始，很多事情都不一样了。关于‘Shirley’的情形就是这样。”

周东篱和炸两目瞪口呆。

“厉害了刘依依，将网监的大神都干趴下了。”

“行，这紫枪送得不冤！”

于是，元旦我又准备有两支新枪了。

## 十四

在支队里，想要做自己的事情得掐着点儿。终于有空再去丁君仁牙医诊所，丁君仁给我打了麻药之后，就替我拔掉了另外一只 4 号牙和同侧的智齿。

“下次复诊的时候，就可以给你上牙套。”他检查了一下我的口腔说。

麻药令我的脸肿得说话含混不清：“还有左下和右下的智齿呢？”

“不急，可以上了牙套慢慢再拔。”他一脸神秘莫测的微笑。

尘埃落定，死者曾先生的儿子小曾特意给我们送来了锦旗，上面书写着：“破案神速，为民解忧。”

周东篱与小曾两人把锦旗拿在中间摆拍了一张照片。周东篱对炸两说：“写个新闻稿发去宣传科，年底了，你们想不想多拿个优秀指标什么的。”

炸两说：“凭什么又是我写啊？”

周东篱想了想说：“因为你没干什么活呀！”

周东篱又将卷起来的锦旗向我伸过来：“小刘啊，你不是常说自己缺火吗？我去跟支队长说一下，这锦旗就不要放在支队的党建室了，就挂在你身后好了，你说好不好？”

我说：“肯定是不好。”

周东篱问：“为什么啊？”

“因为挂在我身后，我自己都看不到；挂在你那边吧，就在我对面，我可以天天看到表扬。”

我记得念大学的时候有一次，我想给上公共课计算机课程的汤教授拍马屁，见他站在排球场一支队伍的端线外目不转睛地看排球比赛，所以当这支队伍得分时我就起劲儿鼓掌。

几次三番之后，他对我怒目而视，“刘依依，你干什么呢？”

我说：“自然是在帮你支持的球队打气呀。”

他骂道：“笨死了，我支持的球队在对面。”

我好奇道：“那你站在这里干吗呢？”

他一字一顿地告诉我：“我站在这里，可以更清楚地看到别人的破绽。我支持的人在对面。”

“我站在这里，可以更清楚地看到别人的破绽。我支持的人在对面。”这也是我一直想对周东篱说而没有说出口的话。

女法医勘查手记

入骨相思

# 灯 下 黑

—— 入骨相思 ——

你知道鸡蛋花的花语是什么吗？

是新生。

但如果没有摒弃阴暗的过往，

没有涅槃的苦楚，

又何来浴血的新生？

# 一

一个再平常不过的冬夜。一条黑影提着一个背包来到一间屋子，只见门上挂着一个“休息中”的牌子。

黑影按了按门铃。

听见里面有响动，黑影问：“老杨，我能进来吗？”

“是你？”老杨开了门，虽然感到惊讶，但还是侧身把来访者让了进来，并将他带到了自己的诊室。

“我来是想告诉你，我的病全好了。谢谢你的处方。”

“处方？”

来人掏出一张皱皱巴巴的处方纸，上面写着五个字：那就杀了他。

“这是你开的处方。”

来人又从背包中翻出一个防水雨布包裹着的圆形物件，“这是按你的方子去抓的药。”

老杨来不及看清楚那物件，一道飞线已经穿过他的胸膛，射入他身后的墙壁，而他也捂住鲜血涌出的胸口应声倒地。

来人把圆形物件重新包好，凑过去对老杨说：“万箭穿心的感觉，就是这样，我想你现在能体会到我的心情了。”但此时的老杨已经没有了呼吸。对老杨下手干净利落，是出于一种对友人的报答。

“你要原谅我，我也是迫不得已，如果查不出来，我就能重新开始了。”

他看了看四周，镇定地把射入墙壁里的东西抠出来，放回口袋，整了整衣领，神色镇定地出了门，并轻轻地将门重新掩上。

想到鲜红的血会从老杨的身体下汇聚成河，他的心有一股无与伦比的轻松舒畅，就像自己完成了一件艺术品，还得到了一个真心赞赏的观众。而现在这个观众，将永久地沉默了，对他的一切所行都将守口如瓶。

他一直低着头走，走过北环路口一个路灯的时候，他稍微抬了下头，然后继续走了过去。

不知什么时候，那盏昏黄的路灯下面悬起了一个摇摇欲坠的防水雨布包和一只看不清式样的鞋子。

这条路上的路灯是光感的，随着天色渐渐亮起，路灯也会敛起光线，就像一个倦怠的人收起了最后一丝笑容。清晨匆忙上班的人们，不会有人抬头看一看这盏路灯与往日有了极大的不同。就连路灯下一直低头忙碌的园林阿姨，也未曾注意到这一点，她一直专心致志地修剪着路中间绿化带里大叶黄杨的球冠。突然，路灯上悬着的雨布包的角落出现了松动，里面的东西滚落下来，正好砸在园林阿姨的面前。

失去平衡的鞋子也几乎在同一时间扯着一块充满血腥的雨布坠下。

当园林阿姨看清砸下来的到底是什么之后，张了张嘴没发出任何声响，两眼一黑，直接晕了过去。

## 二

1月20日，小年夜。还有一个星期就要过年了，想着再怎么样都能有真正的假期，可以回珠河市看望父母了，精神懈怠的我，居然连起床闹钟都听不见，直接就睡过了头。9点半自然醒，匆忙洗漱的时候把洗面奶当成了牙膏，虽然事后我把口多漱了好几遍，满嘴还是怪味儿。迟到的我很是心虚，连包都放在车里不敢拿，爬楼梯上的10楼，很好，没有领导走楼梯，鬼影都没见到。

来到办公室，门是开着的，但周东篱和炸两还不在，我立即松了一口气，即使是迟到，起码没被抓现行。瞥见周东篱桌上有一块估计是哪个女生送的小点心，压着一张心形的小卡片，心中不觉来气：好哇，还有人倒追！我二话不说就撕了塑料包装吃了。

又过了十来分钟，周东篱回来了，他看看桌子，“小刘，你有没有见过我桌子上有一块小东西？”

我头也不抬地说：“没见过。”

他拿着包装纸质问我：“你是不是吃了？”

“我说没见过就是没见过，”我瞪大眼睛说，“你也不想想多久没买好吃的给我了，也不知道你是怎么当领导的。”

“那是监控室的阿霞送给我的……”

我更是气不打一处来：“就算天仙送的又能怎么样，我就是吃了，你还能从我肚子里掏出来？”

这时，炸两也回来了，“你们在吵什么呢？”

“我只是吃了他一块儿小点心，这人小气得很。”

“你吃的不是小点心，听说是牛奶味的手工皂。”周东篱戏谑地看着我。

炸两幸灾乐祸之余倒还有点担心，“行啊，依依，你真是我救命恩人，要是你不吃，说不定就是我顺手给拿去吃了。你，没事吧？”

“怎么不早说？想害死我吗？”

“你给机会让我说吗？”周东篱拧开一瓶矿泉水给我，“没事的，你多喝点水，把它兑成肥皂水就得了。肥皂水不但没有毒，吃了有毒的东西，还能喝肥皂水催吐呢。你，不会不知道吧？”

好啊，这一大早用洗面奶刷了牙还不算，还吃了块手工皂。

“还催吐呢，不用，去现场看看，保管什么都吐了，”走廊里有人匆匆跑过，“周队！北环路口现场，带你的人赶紧过去。”

## 三

位于北郊公园南沿的北环路口人流车流并不算密集。绿化带边上的路灯是T形和F形的合体，也就是说路灯的高度分为两级，低的一级大概离地2米多一点，而防水雨布包和鞋子就是被一根鞋带拴在一起，挂在低的一级路灯头上面的。

既然能折腾出让我们刑事警察支队倾巢而出的大动静，防水雨布里面包裹的自然是人的头颅。但这颗头颅不简单，这是一颗湿漉漉、黏糊糊、有着黑色痂皮的头颅，应是受了某种矿酸（很可能是硫酸）的腐蚀，因而严重毁容，但隐约看得到五官应在的位置。它的嘴里还塞着什么东西，让这张嘴圈成了一个“O”形，呈现出了惊怖的表情。而和头颅几乎同时跌落的那只鞋子，是一只绑带的女式高跟鞋，很挑逗的夜店款，38码，对女性来说，是大众化的尺码。只是那只鞋子像是被刻意杜绝了提取检材的可能性，因为它也被矿酸腐蚀过了。

“周队，这个人头，也是我去看吗？”

“嗯，不然呢？”

我从兜里掏出橡胶手套，吹了两遍，确认没漏气，戴了两层，蹲了下去。

“这人肉虽然都腐蚀了大半，不过还是挺好判断的，”我把人头提起来掂了一下，“眉弓发达，眶上缘圆钝，前额倾斜，颧骨与颧弓也突出，应该是个男的。”我又仔细地抱着人头摸了一圈，“颅骨凹陷骨折，但我认为这不是致命伤。致命伤还是在脖子上……”我举起人头端详，发现很可能是被切破了静脉，导致颈部的肌肉及血管的断端有明显的收缩，使得到颈静脉的负压吸入了空气发生了空气栓塞，从而致死。这个其实很容易理解，就是肥皂剧里经常演的，别人在静脉输液，有人往导管里打了一针空气什么的，就是想引起静脉栓塞，不过一针管的空气当然是不够的。

“别卖关子了，赶快看看它嘴里塞着什么？”

我把那东西掏出来，所有的人都惊呆了。因为，那是一截阴茎。阴茎的断面是切创，不是咬创，切口哆开，证明它被切下来的时候，主人还是活着的。此刻，它却要与一个毁容头颅的唇齿相依。

“刘依依，把我们全部搞 ED[1] 了你负责呀！”炸两骂道。

“如果你们都 ED 了的话，我还能负责什么？”

“赶紧塞回去，我是说恢复原状。”周东篱也对此不忍直视。

我不但没有将它塞回去，还凑近了看。

“这个色号是最近很火的人鱼色啊！”

“什么人鱼？在哪里？”

“是人鱼色，我找了很久，所有的海淘代购都买不到了，没想到在这里见着了。”我一边说一边用保存套管棉签刮了刮那截阴茎，收集检材。

再从头颅的切口处采集了一些组织，以做 DNA 检测调查尸源。可是如果本身 DNA 库里没有收集该人的资料，也不可能查清楚尸源。我们甚至要搞清楚这个头颅和这根阴茎是不是同属于一个人。

“死亡多久了？”

我翻了翻头颅的眼皮说：“应该不超过 12 个小时。”

这时，周东篱的手机响了，他接完，脸色凝重地说：“一个黑诊所里的医生被杀了。”

---

[1] 勃起功能障碍（erectile dysfunction），简称 ED，是最常见的一种男性性功能障碍。

“牛事未了，马事又来！”炸两叹道。

“炸两，你先把检材送检验中心，跟那谁说是小刘赶着要的。”

“为什么要说是我？”

“因为这是绿色通道，”周东篱吩咐其他兄弟把尸块处理好，便对我说，“反正等化验结果还需要时间，先到黑诊所看现场吧。”

## 四

这家黑诊所开设在陋巷之中，与平日里所见的有着自己名称和在门口光明正大地悬挂着写着“卫生局监制”的红十字小灯箱的正规诊所相比，自然是小里小气的，只有一个小小的招牌，上书“诊所”二字。

虽然现场已经拉上了警戒带，但外围还围着不少群众。

“这儿原来是黑诊所啊，怪不得那么便宜。”

“从来没注意到他们无证。”

“死的好像是那个姓杨的医生，那杨医生就住这儿……”

“让一让，让一让，警察！”周东篱向上掀起警戒带，让我钻了过去，他随后跟了上来。

“这家诊所生意还是不错的。”周东篱一进诊所的门，就看见了门前靠墙处摆放着一些木制条凳，由于病人络绎不绝，木质也被打磨出油性的光泽。

“既然是黑诊所，怎么还会这么多人呢？”我问。

周东篱摇了摇头说：“年轻人！不当家不知柴米贵！什么病都能看，

花钱少，而且离家近。”

这间黑诊所只有两个接诊医生。一个姓涂，是个女人，中午 12 点到午夜 12 点；一个姓杨，是个男人，午夜 12 点到中午 12 点。涂医生的诊室靠门口，死者杨医生的诊室靠里面，两间诊室只是一墙之隔。杨医生的诊室要更宽敞些，因为他的诊室里还有一个里间，里面有一张床，那就是杨医生休息的地方。

杨医生当晚估计已经休息了，因为他既没有穿着日常接诊的白大褂，也没有从墙壁上取下听诊器，他就这样左胸满是血，跌坐在诊室的墙角。

他诊室的资料被翻动过，桌子底下的保险箱也有被撬过的痕迹（但未能成功打开），钱包也不翼而飞。

我一边检查尸体一边说：“他左胸受了致命伤，是贯通伤，但这绝不是普通的枪弹伤。如果是的话，创缘会外翻，而且射出口会大于射入口，但这个射出口和射入口大小几乎一致，而且完全没有火药痕迹。”我站起来看了看墙壁，发现一个小小的凹坑，说：“这里有血迹，原本那个创造了贯通伤的东西就在这儿，但被凶手抠走了。”

我查看了尸体的左腕，上面有一圈相对较白的皮肤，正是一个手表的形状，“应该还有一个手表。”

周东篱在诊室内四处走动。

他回来告诉我：“我没发现杨医生的手表，你还有什么发现？”

我难得敢下定论：“所以，这是一宗抢劫杀人案。”

“错，这是一宗伪装成抢劫杀人案的谋杀案，”周东篱快步走到诊所门口说，“没错，凶手很冷静，他走的时候还灵机一动，把现场伪装成抢劫杀人，但门口写着‘休息中’，当时门自然是上锁了，可是门窗上均没有强行进入的痕迹，所以这个凶手——”

“凶手是病人！”

“也可能是熟人。”周东篱补充道。

“再退一万步来讲，我刚才也去看了，诊所虽然是黑诊所，但里面还是有药房，里面多少有一些珍贵药材，都标注着药名，找来也是不难，可是那些药材一点都没少，凶手怎么会光把那杨医生的财物卷走了，不合理啊，”周东篱说，“绝对不是谋财。”

周东篱看了看杨医生尸体的位置，对案发当时的情景进行模拟：“看椅子的位置，他起来的时候很匆忙，而且来不及将椅子扶正，这不像他的习惯——虽然他的诊室被翻动过，但一些抽屉都有条理地标记好了里面放置的物品，很难想象这样一个人会任由自己的椅子东歪西斜。”周东篱佯装在椅子上坐下：“但是，如果他坐下来，又匆忙之间站起来，甚至来不及扶一下椅子就往后躲，就会变成这样。他一定是坐下来，受了惊，然后站起来，往后躲——”

“凶手拿出了凶器对准他，所以他站起来往后躲。”我疑惑地看着周东篱。

“不对，设想一下，如果凶手一进来就拿凶器指着你，你还敢坐下来吗？他一开始肯定是坐了下来的。”

周东篱反复地念叨：“受惊，往后躲，对了！凶手一定说了什么，让杨医生受惊了。”

我凝视杨医生椅子前的桌子，“我发现了一滴与众不同的血迹。”

“与众不同？”

“简直是鹤立鸡群。”

因为杨医生是心脏受了贯通伤，血迹理应是以它为中心呈喷射状，血迹尖端就是喷射方向。而这滴血是圆形的，边缘光滑略带锯齿状，很明显是滴落的血迹，所以，这滴血属于另一个人。我用棉签把血迹提取了说：“答案也许就在这里。”

## 五

回到局里不久，检验中心陈轩的电话就打到了我的手机，我循例按下免提与周东篱一起听：“依依！周队在吗？”

“我在。”

“哎，依依你还是别听了，我直接跟周队说吧！”

“你打到我手机来，叫我别听是啥意思？”

“你说就行了，小刘有什么没见过。”

“那谁刚才送来的检材，都检测过了，头颅跟阴茎同属一个人，但DNA库里没有，对比不上。”

“那就是还查不到尸源了。”

“不过有个好消息！”

“我说过了，杀人案里没什么好消息！”

“哦哦，是有新的线索。不过依依还是回避一下吧！”

周东篱看了我一眼，也没有叫我回避，却对电话那头说：“行了，我让她回避了，你说吧。”

“另外有一个检材，依依没有标明是在什么地方提取的，但是我用显微镜观察过，这种扁平的、多边形的细胞，应该是口腔上皮细胞，口腔上皮细胞呢，主要分布在口腔两侧颊部……”

“你有完没完啊？说重点行不？”

这时一直不吭声的炸两插话了：“他的意思是说那阴茎曾插在某人嘴里。”

周东篱不动声色，“有什么奇怪的，本来就是插在那头颅嘴里的，大家不都看见了吗？”

“什么？也是从阴茎上提取的？”检测哥哥在电话里惊叫，“可这跟那颗头颅的 DNA 不一样呀！”

“那么这口腔上皮细胞比对上什么了没有？”我听出了弦外之音，做活体 DNA 检测一般都是提取口腔上皮细胞。我忘记我不该在听，插了话。

“咦？依依，你怎么还在？你听这些不好吧！”

“她什么没看过？她的电脑壁纸就是某位有八块腹肌的男明星。”炸两嗤之以鼻。

“那是两码事。”我嘀咕着。

“那你是不是承认给女性情感期刊写过那什么隐私小说？”

“那是从前，十多年前。”我翻了一个大白眼。

“你是不是说过 Tommy Gunn 的古铜色肤色迷人，胡子性感，肌肉线条很有质感？”

“不止，还说了他很多好话。”

“行了！你们都扯哪里去了？到底比对上什么没有？”

“有，一个女的，30 多岁，有违法前科，早两年赌牌九被抓了，被采集入了 DNA 库。”

“名字？”

“王小葵。”

挂掉电话之后，周东篱扭头对炸两说：“对了，黑诊所杀人案的检材你也送一下，顺便把之前的检测报告都取回来。”

“为什么又是我去啊？依依也闲着。”

“检验中心那货对依依不怀好意，打着依依的旗号就行了，别让依依老去那儿。”

我看了看微信，检验中心那大哥果然又给我单独发来了信息：“离你们队里那两人远点，都是野狼。”

## 六

对于赌博，其实各地的情形都应该差不多，那就是无论大赌小赌，估计没有几个人会参与赌博而运气好到从来没被抓过的，因为巡警、刑警都有抓赌的任务。

前段时间，我也参加过抓赌行动。由于有些地下赌场每去一次都会送 100 块或 200 块钱筹码，所以一些没有固定工作的姑娘也会去那里领个筹码，赚点小钱，而并不真正参赌，而赌场也很欢迎这些姑娘的存在，如果一个赌场没有年轻姑娘，怎么能调动起雄性荷尔蒙呢？对吧！至于那些姑娘，本来想干手净脚地拿走派送的筹码，到后来也是不可能，除了有被警察端掉场子罚款的风险之外——其实这个风险可以忽略不计，一次只是罚个几千块钱——久而久之耳濡目染参与进去，到头来会招致最大的风险。

一般来说，把那些参赌的姑娘抓回来之后，女警察就要搜她们的身。我会叫她们自个儿脱，她们比我年纪要小得多，实在不忍。她们会羞赧地脱光，证明没有藏起任何赌资，方可重新穿上衣服。但我显然是过分温柔了，我搜过之后，一个大姐就过来了，她说："你这样不行！"只见她一把拔下了那人的发簪，卷在头发里的钱就悉数落了下来。我目瞪口呆之际，她又重新叫她们把内裤拉下来："再往下拉！别给老娘耍心眼！"我傻眼了，每个人的内裤里都还藏了一卷粉！红！色！的！大！钞！这钱无疑是流经无数陌生人之手，无疑是各种细菌的载体，到底是有多在乎钱的女孩子，才会不忌惮妇科病的危险，直接把钱放在内裤里呢？我憎恨赌博，它让女孩子丢失了性别意识和尊严。

"自己拿到那边桌上，快点！"大姐对姑娘们喝道。她回过头对着我摇头，叹气，然后说，"剩下的事情归你了。"老实说，我从来没有对任何一个嫌疑人吼过，更别提动手了，更别提对着这帮只是参与赌博的姑娘们了，我曾经有过一丝动摇，可能我真的不太适合做警察。

我一见到王小葵，就知道没有找错人，因为她涂着人鱼色的口红。这个王小葵是个赌徒，也就是这个老毛病，导致她的DNA被DNA库采集了，我们的线索现在聚焦在她一个人的身上。她在一家养发馆当服务员，但这家养发馆其实并不存在特殊服务，甚至连正常的按摩，王小葵的手法也不甚正宗。所以她的正业和副业都不是特殊服务行业。

所以，当她对我们辩称："我真的不是鸡！"至少我是相信的。

但周东篱恐怕不相信，"你是不是都没所谓，我们是来办重案的，不管大事小事，你只要好好配合就好了。"

"昨天晚上 9 点钟下了班之后，你在哪里？"

"我回家了，这么累，哪里也没有去。"

"有证人吗？"

"没有，我就一个人在家。"

"虽然我们不管你是不是卖淫，但我也要跟你言明，这是一宗恶性案件，受害人的尸块上有你的东西，你不好好配合就必然脱不了干系！"

"什么尸块，什么东西？"

我看着她一脸懵懂的样子，实在不忍心告诉她实情，恐怕任何一个姑娘人被当面质问是否与被害人进行了那种行为都会无地自容，但这是板上钉钉的事，作为一个女性，我甚至有点感激周东篱没有说得更具体去为难她，只是轻描淡写地一笔带过。

周东篱盯着王小葵说："我再问一次，昨天晚上 9 点钟下班之后，你在哪里？"

"9 点钟放工，我在路边摊上吃了点东西，10 点钟的时候，我去还钱。"

"什么钱？还给谁？逗留了多久？说得越详细越容易帮你跟案件撇清关系。"

“高利贷。还给尹老板，我不知道他到底叫什么，但我知道他住在哪儿。待在他那儿的时间，也就半个小时。他不是出了什么事吧？”

“最后一个问题，这只鞋子是不是你的？”周东篱示意我亮出物证袋里装着的女式绑带高跟鞋。

王小葵神色并无异样，虽然那鞋子被矿酸侵蚀过，但她还是认出那是她的鞋子，她也声称是尹老板不久之前让她当场脱下的，那尹老板有收藏女性高跟鞋的癖好。

我刚才说过，染上赌博恶习被警察抓其实只是一种很小的风险，最大的风险是倾家荡产，甚至借了高利贷。王小葵无疑招致了最大的风险，也因此与这位放高利贷的尹老板纠缠不休。

“那么，你把我们带到他的住处吧。”

因为路灯下悬着的头颅已被毁容得面目全非，我们也没拿照片给王小葵辨认了，干脆让她带我们到债主家中一探究竟。

一路上王小葵都在发抖，依靠不停地抽烟勉强镇定下来。

“如果你真不是凶手，你恐怕真是给了我们重大线索的大英雄！”我是这样安慰她的。

她尴尬地冲我笑了笑。

## 七

借给王小葵高利贷的尹老板住在一幢临街的房子里，那房子呈“7”字形，外观已经破旧，很多老住户都陆续搬走，只居住了一些租客。

我们在门外敲了很久门，却不见有人开门，这也是意料之中的事。楼下有一间房子算是“物业”的办公室，在“7”字形的短边尽头，说是“物业”其实只有一个工作人员梅哥，是原来房主们的托管，工作内容是负责定期收租、维修公共区域设施等等。

周东篱把梅哥叫来用备用钥匙开门，梅哥将钥匙插进去转动锁孔，但多少还是有点不乐意，“这尹老板不爱搭理人，可能只是宿醉未醒。”

门开了之后，发现屋里竟是富丽堂皇，跟这幢楼的老旧很不协调。还有一股空气清新剂的味道扑鼻而来。这就像是香水的前调，虽然抢先攻占了我们的嗅觉神经，但它却不是一瓶香水的真正味道。

那么，中调是什么？

我用一秒钟反应，望向周东篱。他拦着我，拔出了枪，打开了保险栓，示意我不要乱动。他以门框为掩体检查了各个房间，然后返回说：“没人。”

我把梅哥请了出去，“这是犯罪现场，暂时没你的事了。你回去吧。”我在房间门口拉上了警戒带。

王小葵后知后觉，掩起了鼻子，“一股什么味道？”

“腐胺，尸胺。”

“什么？”

“尸臭。”

王小葵大惊失色，想要走。

周东篱想了想，怕她心理承受能力低下，吓坏了就什么都问不出来，干脆就让她也去梅哥那里等着。

## 八

如果说开了门，我闻到的那股尸臭只算是香水的中调，沉稳而持久，那么当我们去到堆放了几个红白蓝编织袋的洗手间时，尸臭的味道就变成了腥风血雨般粗暴。

里面装着的自然是尸块和死者的衣服。因为尸块很沉，周东篱罕见地动了手，帮着搬了出来。

他打电话回支队："尸块都找到了，再派点人过来。"

我把尸块逐一拼凑，倒也不难，就是躯干、两条上肢、两条大腿、两条小腿，没有头颅和阴茎，缺失的正好是路灯头颅案的尸块。可是上肢的尸块却没有手指。

我在死者的大肠里摸到一大团硬物，剖开一看，竟是10根手指！

"我去，这死的是食人魔吗？"

"有点常识好吗？你能吞得下整根手指？还不得噎死？是被人切掉逐一塞进去的！"周东篱狠狠瞪了我一眼。

"什么仇什么怨这是！"我翻看手指，发现上面的指纹已经被销毁了，也是黑黑的，像被某种矿酸腐蚀过的痕迹，倒也像路灯头颅案的作案手法。

"感觉这人不是很清醒啊，既然尸块就在被害人的家里，还有什么必要灭掉他的指纹呢？"我问。

"你才不清醒，所谓十指连心，证明这人死之前，还受了好一阵子折磨。"周东篱提出自己的看法。

“有没有可能是本来要抛尸在外的，突然改变了主意把尸块留在这里呢？”

“可能性不大，因为凶手把尸块反复运出去的话，会很容易被人发现。”

我检查了上肢的尸块，“都砍得见骨了。”因为尸块还带有肌肉组织，我只能是把肱骨的长度估量了一下。

我还在洗手间里发现了一只几乎空了的玻璃瓶，我把它装进检材袋子里，这可能就是装某种矿酸的瓶子了。

“如果王小葵是晚上 10 点 30 分离开的，仅仅半个小时，并不足以杀人分尸。那么真正的凶手是怎样闯入的呢？”

“门锁上也没有任何强行进入的痕迹。”周东篱再次查看了门锁。

“难道也是熟人作案吗？”

周东篱看了一眼墙上的空调，空调并没有打开，但上面的红色指示灯一直在闪烁。南方的冬天，是靠空调取暖的。他打了一个电话之后，对我说：“我跟电力公司核实过，这几天本区没有停过电，而这种型号的空调只有断过电才会出现这种情况，而重新来电之后不会自动再次打开。”

他一边说一边走到门外，打开配电箱看了看尹老板家的电闸说：“没有烧掉保险丝更换过的痕迹，是被人为断电的。但后来电闸又被人重新打开，证明凶手的反侦查能力很强。很可能王小葵出门不久，凶手就把电闸拉了，趁尹老板出门查看的时候，凶手从背后一击，然后把他拖进了屋内。”

“恐怕是的，路灯下的头颅颅骨有凹陷骨折。”

周东篱蹲在地上查看，门槛处果然也有拖动过重物的痕迹。

“小刘，你过来，在门槛附近看仔细点。”

我在门槛上用透明胶粘起了一些蓝色的纤维，我想起这与纤维袋里的蓝色棉布裤子颜色是一致的，同意了周东篱先前的观点：“他的确是被拖进来的。”我下意识打开了靠门的鞋柜，发现了另一只绑带的女式高跟鞋，我一眼认出了那是路灯头颅案里高跟鞋的式样。

吩咐了我之后，周东篱又跑到阳台上去，时而踮起脚尖，时而蹲下，如同在拍照时取景一样认真。

“其实已经没王小葵什么事了，她就是一个线索而已。我让人查了，她的确是当晚 10 点半钟就走了，因为那个时间她在楼下的便利店买过烟，还是用微信付的钱，时间记录得一清二楚。把死者的衣服拍下来，循例让她辨认一下是否是尹老板当天穿的衣服吧。”

“我没带相机，我可不是痕检呀，估计他们马上就到。”

“你不是有手机吗？用你的手机拍，我要马上让她认一认。”

我只好不情不愿地用手机拍下死者的衣服，我还关了移动数据，生怕手机出现什么故障把照片传到了网盘。周东篱有一个毛病，就是公私拎不清。

离开现场的时候，我问周东篱：“这个尹老板放高利贷，会不会是其他欠债的人杀了他？”

周东篱反问我：“只听说逃走躲债的，你什么时候听过欠债的杀死‘大耳窿’？而‘大耳窿’更是不可能杀借债的人，顶多是卸走他一条胳膊，因为高利贷是永远还不清的，让欠债的活着，相当于养了一只会下金蛋的鸡。”

“会下金蛋的鸡……”我喃喃地重复了一遍，“唉！”

## 九

梅哥和王小葵在“物业”间里等我们。

“真是出了事？”他俩异口同声，还眼巴巴地等待着我们否定的回答。

“死了人。”我拿出手机里的死者衣物照片给两人看，他们一致认出了那是尹老板的衣服。

“你这里应该有住户的信息吧？就那姓尹的。”周东篱说。

梅哥拿起一个档案盒打开，翻出一份薄薄的合同说：“就是这个。”

“尹天宝，合同是两年前签的，”周东篱看了看我，“小刘，刚才那些尸块你测量过没有？”

“你问得很不专业啊，尸块有什么好测量的？该测量的都测了。如果你是想问依据某种骨头用一元回归方程推身高的话，如果这个尹老板又是 31 ～ 40 岁年龄段的话，他的身高应该是 185 厘米左右。”我清楚周东篱，他经常突然问我一些问题，如果我准备得不够充分，他会嫌弃我拖了他后腿，所以我现在有“前瞻性”了，他想问什么，我一般都知道，包括有一回他突然问起：“这满大街的开黄花的树都叫什么名字？”我当场就能回答：“黄花风铃木。”那次他还不甘心，又问：“那开红花的呢？”“自然是红花风铃木啊。”

周东篱又向两人确认了尹天宝的身高，“关于他，你们还知道些什么？”

“这人不务正业，生活来源还是有的，估计本来就有些家底。”梅哥说。

周东篱向楼上看了看说：“你这里视野不错啊。整座楼阳台上的动静，你都能看得见。”

梅哥开门见山道：“如果你想问出事的那个单元的尹老板的事，跟你说，我倒是发现他一个习惯。他总是在下午 4 点多钟站在阳台，好几次手中的烟头都砸下来了，我当时正在那便利店买烟，所以恼火得很。”

“好的，谢谢你们配合。”

离开之后，周东篱告诉我：“阳台是用瓷砖贴的，有一处地方灰尘甚少，而且旁边落有烟灰，证明尹老板经常会站在阳台抽烟。”

“站在阳台抽烟很正常。”

“你应该看见了，他室内的装修很豪华，你有没有想过这样的人，为什么住在这里？”

“听说过一些很破旧的房子，卖出很高的价格吗？”

“你说的那些是学区房，”周东篱说，“我想强调的是地理位置。刚才梅哥说的基本是固定的时间，这也证明了我的推测，你知道我在阳台上看见了什么吗？”

“你看见了什么？”

“现在是中午 12 点，离下午 4 点还有时间准备。我们下午 4 点再过来。到时你就一清二楚了。”

## 十

周东篱让我回去准备的事情原来是制作寻人启事。他叫我将尹天宝的照片降低像素打印出来，并在上面写上：寻求凶杀案目击证人。

“这不好吧，没写清楚这到底是受害人，还是凶手？”

“我们不是为了找证人。”

周东篱又安排炸两去查尹天宝的电话清单：“务必要把长期的、规律性的联系人排查出来。那人的经济条件应该不错。”

这时，检验中心陈轩打来了电话：“黑诊所桌子上提取的血迹和路灯头颅的血迹同属一人。”

本来两个互不关联的案子，因为一滴“鹤立鸡群”的血迹捆绑在一起了。我与周东篱对视了一眼，我开口道：“凶手拿那个头颅去恐吓杨医生了。”

“不是恐吓，如果是恐吓肯定是需要杨医生再做些什么，可是凶手给杨医生看了之后，就立即动手把杨医生杀了，更像是一种告知而已。”周东篱带着我去监控中心。

那个给他送手工皂的阿霞非常热情积极地接待了我们。

“啊，周队大驾光临！”

“嘁，他又不是局长，算什么大驾？”

阿霞帮我们调取了相应时间节点从黑诊所到北环路口的录像，虽发现了一个背着背包的可疑的人，但那人似乎早有准备，帽子压得很低，衣服严实，甚至步伐也没有很大的破绽，要想从其他监控里再找到一个这样的人，对比碰撞信息，确实如大海捞针。

下午 4 点钟之前，周东篱与我回到尹天宝的住所对面。隔了一条马路，我现在才发现原来那儿还有一所幼儿园。

“他在阳台看小孩子放学。”

“一个私生活混乱而且还放高利贷的男人，在阳台上看小孩子放学？”

这时放学铃响了。这所幼儿园是错峰放学，4 点放学的是中班的小朋友。

“等着瞧吧。东西带来了没有？”

“带来了。”

“按照我说的去办吧。”

凡是见到女性家长，我都拦着她们发寻人启事，一边发还一边说：“‘大耳窿’被杀，警方寻求目击证人，请帮忙！”

有一些家长一听是凶杀案，赶紧拉着孩子远远绕开了我，倒是一些男性家长好奇地过来主动索要寻人启事。我派发了十多分钟，终于把寻人启事都派发光了。

躲在树影下的周东篱把我叫过去说：“咱们运气不错。”

他把手机里刚录下的小视频播放给我看，一些家长并不搭理我，一些家长接过传单看了看又随手扔掉，倒是有一个女人，并不接我的传单，却朝对街的上方望去，那正是尹天宝阳台的方向，可她马上意识到了什么，匆忙收回了目光，扯着自己的孩子快步离开了。

这时，周东篱的手机响了，是炸两，他在电话里暴躁地说：“那尹天宝的电话清单可真他妈的多，如何排查呀？”

“你把清单留着，我这边先查。”

周东篱亮明身份，把我带进了幼儿园。尚未离开的园长看了他拍下的小视频，翻开幼儿学籍册让我们看到了视频中女人的资料：张璇璇。我不由得大吃一惊。

周东篱说：“把这女人的电话号码抄下来，发过去给炸两，看电话清单里有没有。”

我照做了，炸两很快地回复：“有，真他妈有！这案子算是破啦？”

## 十一

张璇璇带着她五岁的儿子一起来到我们局里。

“麻烦你亲自来一趟，”周东篱说，“本来应该是我们登门，但现在情况看来有所不便。”

张璇璇环视着我们，冷笑了一下，缓缓地开口：“看来你们什么都知道了。他死了？”

天真烂漫的小孩子并不知道他妈妈身处在一个尴尬的状况之中，不停地扯着我的衣角问：“阿姨，你这儿有没有好吃的？”

我从抽屉里找了一根能量棒给他，并告诫他：“不许多吃，掰两半吃，一次只能吃一半哦。”“知道了。”他兴高采烈地接过，撕开包装纸开始吃，那无忧无虑的神情，就像是一个跟这个世界脱节的小天使。

“你爱你的丈夫吗？”听到周东篱这样问张璇璇，我不由得竖起了耳朵。

张璇璇没有回答。但是有时候女人的沉默何尝不是一种回答，有时候女人的沉默何尝不是更伤人。

“既然不爱他，为什么你不选择体面地离开？”

“体面地离开？哈哈！离开了的话，还谈什么体面？倒是现状，”她看了看右手无名指的钻戒，把戒面重新旋到手指中间，慢慢地说，“本来就已经这么体面，这么安稳，我为什么要离开？”张璇璇理直气壮，她坐下来，问我们要了一只烟缸，好在支队不是什么禁烟之地，周东篱就任由她了。

“带着小孩抽烟不好。”我忍不住插了嘴。

“你有没有想过被你丈夫发现了会怎么样？”周东篱问。

“他现在不是发现了吗？”张璇璇笑了，笑着笑着，她就哭了起来，她还猛烈地咳嗽，不知道是被烟呛的，还是……

“妈妈，你怎么了？”小小的孩子竟也知道心疼妈妈，去轻轻拍打张璇璇的背脊。

“照顾好你妈妈。”我跟小孩子交代了一声，接了个电话，告诉周东篱我有急事就离开了。

## 十二

周东篱不是一个喜欢说话的人，也可能是因为他对身边人的（哪怕是同事）高度警惕，包括对我也是如此吧。他从不会将案情的来龙去脉巨细靡遗地向我交代，所以我厘清案情花了很长的时间。直到他问了张璇璇这么多问题，我才明白他若有所指。他怀疑的并不是张璇璇，张璇璇不是凶手，她只是因，而尹天宝是果，他们之间的逻辑关系就是凶手。

我匆匆走进了一间外面种着鸡蛋花树的心理诊所，就像过去一样。我来过这间诊所很多次，对这个诊所的主人怀着难以言明的深厚感情，他跟我在幼儿园的学籍册里看到的张璇璇的丈夫有着一样的名字，也就是我面前的这个男人老柯。他花了五个月时间尽心尽力地治好了我在游戏厅杀人案之后的创伤后应激障碍。但这些事，除了他，无人知晓。

来之前，我多希望是我弄错了，他们只是同名同姓之人。可是当我看到他凹陷的脸庞、紧张的嘴轮匝肌挤出阴冷笑容的时候，我确信我没有弄错。

他正在把玩着一把小刀，对我说了一句："你来了，坐吧。"

他又恼怒地问了一句："你还来做什么？我已经把你在我这里的档案全部处理掉了。"

他误会了我的来意，我张了张嘴想说"送你一程"，但终究没有回答他，坦坦荡荡地任由泪水肆意地流淌。

"不！"我并不是想送他一程，我是想让他改变主意！我快速地向他解释："如果你不判死刑，而只是死缓，在死缓执行期间，没有故意犯罪，两年以后可以减为无期徒刑，如果你还能有重大立功表现，两年以后，还能减为十五年以上二十年以下有期徒刑……有一天，你还能回来的……你不想继续在鸡蛋花的清香里，帮别人疗伤吗？"

他完全不理会我的话，喃喃地说："我以为我躲得过的。"

"你知道什么是灯下黑吗？"他自顾自地说了下去，"我就是灯下黑，治得好别人，治不好自己，也没看管好自己的老婆。"

突然，我听到了仓促而密集的脚步声，在门即将被踢开之前，我猛然站了起来背过身，往后退了几步。

当一群警察踢开门冲进来的时候，我理所当然成了他手里的人质。

周东篱看见我被他挟持着，大为光火，他闭上眼几秒，旋即睁开眼，竭力使自己冷静之后说："别伤害人质，有什么条件可以提。"

"哈哈，我还有什么条件提？你们滚出去就可以了。"

周东篱他们纹丝不动。

"滚出去！"老柯的刀刃抵住了我的脖子，贴近我的耳畔快速小声说："依，这个伤口是为你脱嫌的，对不住了。"我感觉到薄薄的刀刃发生了轻微的位移，疼痛和鲜血一同涌出。

老柯又用大伙都听得到的声音说："姑娘，我劝你别耍诈，否则我会割烂你的小脸。"他用手使劲儿地捏着我的脸，我的下颌骨开始生疼。我却偷偷地体会着这只手鲜活的力度和温度，也许几分钟之后，这种鲜活就会从他的身体里完全抽离。我的泪水又一次决堤而出。

"小刘，没事的！"周东篱看见我的泪水和颤抖，他以为我在害怕。

“你们！再不滚出去，老子就杀了她！”老柯又对警察们吼道。

“我们出去，出去！”周东篱扬手让所有人退出去，自己也退了出去。

“审讯，审判，太漫长了，我等不及了，先走一步了。”老柯往我手里塞了一个小东西，猛然从背后推了我一把。

我还没反应过来，周东篱迅速把门从我背后拉上，就在那一瞬间，我听到轰然一声炸响。

我把门推开，只见诊室里硝烟弥漫，到处是玻璃碎片，老柯的衣服都成了碎片，满身都是陷入皮肉的钢珠，他被炸碎的玻璃碴子插进了左眼，另一只眼巴巴地睁着，清冷地看着这个世界。一片有烟痕的鸡蛋花瓣落在他肩上，可他感觉不到任何负担了。因为老柯，他已经死了。

我的眼泪又不自觉地流了下来，我装着咳嗽了几声，就当是被浓烟熏红了眼睛，被浓烟呛出了泪。

## 十三

南方的夏季有一种极清香极雅致的花，花瓣外部是乳白色，里面是鲜黄色。

你知道鸡蛋花的花语是什么吗？

是新生。

可是如果没有摒弃掉阴暗的过往，没有涅槃的苦楚，又何来浴血的新生呢?

在这些暗香浮动的鸡蛋花树的簇拥之下，有一间宁静的心理门诊，里面坐诊的人正是性情温和、学识渊博的老柯。

老柯喜欢鸡蛋花，因为鸡蛋花让他很容易就想起妻子张璇璇。鸡蛋花也是巴厘岛的岛花，所以老柯特意带她去巴厘岛度的蜜月。他至今依然记得他与心爱的妻子把脚泡在水里吃的那一顿泳池餐，风吹过她的发梢，他就认定这是他今生必须守护的女子，他抬手将花瓶里的一朵鸡蛋花折了下来，别到了她的发辫上。

婚后的生活在老柯看来很平静安逸，平静得如一池死水，但在张璇璇看来，这也许是一池微澜的死水，一池被另一个男人吹皱了的春水。

刚结婚的时候，总觉得两米的床太大，因为每天夜里张璇璇都会从背后过来抱住老柯，两个人睡不到床铺的一半。

“我们睡 1.2 米的床就行了，剩下的位置可以给你放一只毛茸茸的大熊。”老柯会转过身轻刮一下张璇璇的鼻子。

美中不足的是，老柯和张璇璇一直没有小孩，他们都去医院检查过，都说身体没问题，并不需要有心理负担。又过了两年，张璇璇突然怀孕生子，老柯自是喜从天降，幸福的小两口变成了一家三口。

老柯为了给妻儿提供更好的生活，在事业上更有上进心了，除了接了不少活儿，一到淡季还去接受继续教育，给自己充电。也许正是因为这样，张璇璇与老柯的心越走越远。

两人睡在床上的时候，画风也开始变了。

老柯睡在床的一侧，张璇璇则蜷缩在另一侧。有一次睡梦之中老柯伸手想要抱一下她，可是她却无意识地抗拒，并在睡梦中呢喃了另一个男人的名字。

老柯惊起。

他又去出差，应该说是佯装出差学习，暗地里却跟踪自己的妻子。

那个安静得像鸡蛋花一样的女人与往常一样送孩子上学，接孩子放学，一如往常。初始几天，并无什么异样，后来到老柯说要回来的日子，儿子的书包从绿色更换成了红色。老柯回想起，自己在家的时候，儿子的书包都是一个红彤彤的米奇书包，他从来都不会在意，但在他暗自跟踪的几天里，儿子背的是一个绿油油的青蛙书包。

老柯摘下掩饰的墨镜，揉了揉自己的眼睛，不敢相信眼前的一切。这不就是传说中的绿帽子吗？抓在手中的墨镜，不知何时被他捏坏了，破碎的镜片插入了他的手心，血滴了下来，他却浑然不觉痛。

老柯安慰自己，只是自己多疑，眼看已是10年夫妻了，反正都没抓到现行，不如就当没事发生吧？老柯没有回家，他真的去出差了，他想着要自己散散心。老柯装着很平静地打电话给张璇璇说：“有事情耽误了，再迟一个星期回来。”

老柯也真是个心大的人，才过了四天，就开始想念家中的妻儿了。在归途，他还发现了一间卖烟火的小店，想着孩子喜欢放烟火，他就买了许多。很多故事就是这样，婚姻里的一方，心血来潮要给另一方惊喜的时候，往往会受到重伤。

当他带着礼物回来，结果发现妻子张璇璇反锁了卧室的门，这扇门真是薄啊，里面那些不可描述的香艳的故事都穿透过来。

他是心理医生啊，听多了别人的故事，又怎么会对自己的故事无所警觉呢？

那个夜晚，他悄悄锁上门，就像他从没有回来一样，他完全不记得自己是怎样落荒而逃的。

## 十四

老柯崩溃了，他需要看心理医生，但是他敢吗？如果他去正规的医院，找一个同行的话，不用多久，他的招牌就要被砸掉了，他会失去现在还能支撑着他的事业，甚至是生活来源，如果连事业都没有了，这个生活在欺骗中的男人，就会沦落成一条真正的丧家之犬。

所以，他选择了去一间黑诊所。

黑诊所除了花钱少，离家近，还有一个特点就是：特别肮脏。只要有钱收，什么样的脏事烂事，里面的医生都能接，都敢接。

黑诊所的杨医生就这样成了老柯的午夜听众。为了继续扮演一个好父亲、好丈夫的角色，老柯不时在午夜前去找杨医生。

这期间，老柯也哀求过以前他治疗过的一名女警察，要她想办法给自己做个亲子鉴定。那名女警察如实告诉他："孩子是你的，放心了吧。"他当时是忍着夺眶而出的泪水啊，因为他交给女警察的毛发样本并不是他的！而是他从那个男人丢弃的垃圾里翻出来的，他为此装过半个月的清洁工人，收集过不少令人作呕的淫靡的垃圾，也因此他对那个男人的生活了如指掌。

他痛心，为什么一个鸡蛋花一样的女人，会爱上了这样一个恶魔，还偷偷与这样的恶魔生下了一个孩子？

越接近真相的他，越接近崩溃。

而杨医生是老柯唯一能信赖的一根救命稻草了。在无法跟身边人诉说的时候，我们往往宁可相信一个陌生人。

杨医生一开始倒还是耐心倾听，以一些三脚猫的心理学常识疏导老柯的郁结，可是老柯没完没了地诉说，杨医生也厌烦啊，而且这个所谓的杨医生也没有执业证，就是个黑诊所的医生，他能有什么职业操守？一个月前，对老柯厌烦到了极点的杨医生就直接在处方单上写了一句“那就杀了他”，撕下来丢给了老柯。

“你整天不停地叨叨有什么用，有种去杀了他啊！一了百了！”其实杨医生只是言者无心，他只是想把老柯打发掉，并且想让老柯明白他已经极度不耐烦了。没想到老柯听者有意。

整整一个月，老柯都没有出现。杨医生有时候会想，不知那个被老婆戴了绿帽子的男人怎样了？所以，当老柯那夜出现的时候，杨医生甚至是心怀愧疚地开了门，让他进来的。然后，就发生了让杨医生始料不及的事——

老柯对杨医生说：“这是按你的方子去抓的药。”说着，就从背包中翻出一个防水雨布包裹着的圆形物件，同时，老柯还翻出了一把弩，瞬间瞄准了杨医生的胸膛，杨医生甚至没有来得及张嘴说出一个字，弩弹已经悄无声息地贯穿了他的胸膛。

然后老柯把贯穿了杨医生之后紧紧射进墙里的弩弹抠出，有条不紊地搜掉了杨医生身上的钱包、手表等物，又随便撬了撬保险箱，并把诊室乱翻一通，伪造了一个入室抢劫杀人案的现场。

老柯为什么要杀杨医生?

因为，明天一旦尹天宝的案子曝光，杨医生就会知道是自己杀了人，因为老柯甚至曾经对杨医生描述了他打算如何去杀这个人，包括一些碎尸的细节都说得一清二楚，但如果杨医生死了，老柯也许就能从此安生。

但是一个人隐藏了这么多关于黑暗、关于生死的秘密，真的能够安生吗?

老柯冷静地离开了黑诊所，把那个和一只女鞋绑在一起的头颅轻易地甩上了路灯。昏黄的路灯下，老柯的影子是那么黑，那么长，长得接上了黄泉路——

而那个头颅，悬在路灯之上，在防水雨布后看着他遁逃的轨迹，那个头颅是不是会在发笑呢？因为那个头颅也许会在想：哪怕你逃脱了警察，但终有一天，我的女人、我的儿子还是会帮我报仇的。

是的，老柯放过了尹天宝与张璇璇的儿子，因为那也是他悉心爱护的孩儿，他还记得自己当上父亲那一天，他在医院里激动地落了泪，怀抱着这个小小的孩子时，那种初为人父的喜悦，让他的手脚都颤抖。

老柯也放过了不忠的妻子，如果自己不得安生，那么至少儿子还有母亲啊。但老柯不想去问，也不想知道，妻子到底是怎样跟这样一个龌龊下流的男人认识的，毕竟是生物的多样性造就了这个纷繁复杂的世界。有些事情就不要穷根究底了吧。

这个晚上，他没有回家，他一路走回了自己的心理诊所，足足十公里，他像走了一个世纪般漫长。

他站在诊所门口，看了看那棵鸡蛋花，摘下了一朵，喃喃自语："没有毁灭，谈何新生？"

他回到诊所里，看了看桌子角堆放的啤酒瓶。有好些日子没回家了，夜夜相伴的就是酒精了。他把前些日子买回来原本想与妻儿过新年时找个地方燃放的烟火一个一个拆了，把火药倒了出来装了满满几个啤酒瓶，还有弓弩配来的钢珠他也装填进去了（他之前杀害杨医生用的是弩弹），然后用引线把几个啤酒瓶的火药都连在一起。最后，他将那朵鸡蛋花放进其中一个装满火药的啤酒瓶里。

日子如常。还不到 24 个小时，那个曾经被他治疗，也偷偷帮他做过亲子鉴定的女警察出现了。她无疑是聪明的，但弱点是容易动容，老柯真想问她一句："用情这么深，你还当什么警察？"

如果他问了，她一定会反问他一句："你懂人间疾苦吗？"他知道这就是她的口头禅。

不过他没问，她也没机会再说一遍这句话给他听，他想想，有个人来送行，一个被自己逐渐治好的人，敢冒天下之大不韪来为自己送行，也是值了。其实，他听见她说自己不是来送行的，她是想来劝降的，她叫他去坐十几年牢，然后继续坐在鸡蛋花的清香里为人疗伤？她疯了，即使他能出来，他也不能再给别人疗伤了，因为他的一颗心早已没有治愈别人和自愈的能力了。她把他设想得太好，那只能证明，他在她心里曾是多么重要。

## 十五

我坐在办公桌上，周东篱站在身侧，用棉签给我清洗脖子上的伤口。

“幸好只是皮外伤，”周东篱给我的脖子轻轻贴上了几张创可贴，“好了，我告诉过你多少次了，你不可以单独行动。”

我没有看他，怔怔地看着地面说：“你不懂，你有没有听说过一句话？”

“什么？”

“我搬起砖头就无法抱你，我放下砖头就无法养你。”

“有什么不对吗？”

我惨笑道：“要搬多少砖才能找到生活的平衡点？难道每个女人都需要很多钱吗？难道不是爱更重要吗？到底你们男人怎么想？一厢情愿！”

他压低声音训斥我：“你这话说得恨铁不成钢啊！难不成你刚才是在通风报信给一个杀人狂魔？人都死了，你还想洗白他，包庇他吗？”

我突然转身抱住他，一边哭一边狠狠地捶他肩膀：“你就不能不说了吗……你懂人间疾苦吗？”

他不再说话，良久，他抬起双手轻轻抚在我抽动着的肩膀上，用力抱紧了我。

那一刻，我方才觉得这个世界是真实的。

与我紧紧相拥的周东篱，他离我这么近，又是这么远，他不知道趴在他肩膀哭泣着的我，手中紧紧握住了一枚弩弹，心里默念道：老柯，你一路走好。

女法医勘查手记

# 入骨相思

# 团圆饭

——入骨相思——

一样的除夕夜，不一样的团圆饭。

有人在共享最后的天伦，

有人却在独酌永无团圆的悲哀。

# 一

冬夜的街头，路灯打下昏黄的光圈安静地驻守一旁。

偶尔会有“炸街党”经过，改装引擎发出的咆哮声，由远而近，又渐远，直至消失在苍茫的夜色里。

有人蹲在吉祥路的街头画了个圈烧冥币，忽明忽昧，橘红色的火光点点。老人们常讲，圈里的冥币是烧给去世的亲人的，圈外的冥币是用来买通鬼差的，只是相对圈里的冥币，圈外的冥币确实有点多了。突然来了一阵风，将圈外的冥币刮了起来，一张长条状的纸钱在空中打了个圈，一头扎进了一辆开着车窗的车子里，这辆车子开得挺慢，歪歪扭扭，就像一个喝醉了的人，每抬起脚走下一步，都将面临摔个四脚朝天的危险。

“寒衣节都过了多久了？”见纸钱刮进来，坐在副驾驶室本就醉醺醺的男人有点惘然。

“瞧你说的，明天就是除夕！”开车的男人猛抽了一口烟，将带着乙醇气息的烟屁股弹出了窗外。

“晦气晦气！”副驾驶室的男人“呸”了一口，把纸钱揉了，在车窗升起来之际扔了出去。

“还是赶紧找个乐子压压惊吧！”车窗紧闭起来的车子里，音乐显得格外清晰，开车的男人将音量调大，“没有汪峰那样适合穿皮裤的翘屁股，至少还是可以唱他的歌对吧……我想要怒放的生命 / 就像飞翔在辽阔天空 / 就像穿行在无边的旷野 / 拥有挣脱一切的力量……”

烧冥币的男人缩头缩脑地看了看远去的车子，莫名其妙地说了一句：“今儿先捎去一个吧，明天夜里死的人会有点多，有劳鬼差大兄弟了。反正，明天就不方便烧了。”

说来也怪，话刚说完，就来了一阵风，将冥币窸窸窣窣地卷到了半空。

## 二

1 月 27 日，除夕，我和炸两在值班。简支说了：“大年三十，那些没结婚也没对象的同志要自觉留下来值班。”

炸两提出反对：“我有对象。”

“那些对象不固定的，也要归到没对象那一类。”因此，反对无效。

简支又点名说：“怎么都得安排个女的值班，其他几个女的都要回家杀鸡拜神什么的，刘依依，你都不用干家务的，今儿过年，将你爸妈请过来得了。年轻人，要有奉献精神。”

“哦。”我用一个“哦”字想要表达我的愤怒。要是我四十岁都没嫁出去，那么我还是要归类到需要多做奉献的年轻人那类吗？可是简支那样心大的人，显然是不会发现我生气的，但我又发现他不是真的心大，而是城府深，他虽然对着我笑意盈盈，可是他的眼轮匝肌外圈没动啊——他就是在假笑而已。

周东篱是大队长，自然，他结没结婚都要安排到值班领导那类，不过估计他也没什么地方去，只是不在办公室而已。因为离开江州市还得按管理权限打报告，既然他没说他要上哪儿去，也就是说他哪儿都不去。

吃过年夜饭——本来应该叫团圆饭的。连饭堂阿姨都回家了，我跟炸两只能一人打了一个盒饭，我特地要了个豆腐肉饼饭——牙套的弓丝又加力了，疼得很。如此简单的盒饭，也算是团圆饭吗？但年夜饭肯定是算的，毕竟从时间上来说，今儿是大年夜呢。

我一边打游戏一边跟炸两说：“明早我就走，这班算是值完了，我爸妈过来，就算不让我回老家，我也要陪他们到处逛逛了。”

炸两“嗯嗯”了两声，突然说：“你以前给我的圣城账号登录失败了。”

“密码就是 123456。我所有的账号都是这个密码。”我可好，我把很多账号都分享给我的男同事了。

炸两把键盘弄得噼啪作响，试了几次，丧气道：“被人改了。”

我好奇道：“你想干吗？不就是想找车牌号吗？”

他否认道：“我不是。”

我走过去："算了，我告诉你新办法好了。"

我点开了他笔记本里的微软必应搜索说："你在这里输入'site:pan.baidu.com'，然后在后面加某个'老师'的名字，就能把别人网盘里的好东西都搜出来了。"

"哇！"

"你怎样报答我？"

炸两在跟美女有关的事情上总是很大方，他想都没想就说："一个星期的'三点三'。""三点三"又叫"三点一刻"，是粤式午茶的代称，一般是吃些茶点。早些年，在苍老师当红时期，炸两就为了要苍老师的资料连续请过一个星期的"三点三"。

## 三

炸两安静下来，我继续酣战。这时候周东篱却打来了电话，我哪能听呀，就挂断了几次。这 1 vs 1 对战，因为他的电话，我连续被人爆了四次头。还有最后一次机会，我要力挽狂澜。

炸两的手机响了，我说："赶紧的，看周队想干吗，我忙着呢。"

他按下了免提，周东篱说："赶紧来大吉利蒸汽海鲜火锅城吧！就差你们了！"

"都几点啦，我们都吃过了，要有诚意就早点说，还值班哪……"

我也非常不满地噘了噘嘴，我们还值班呢，他就去打火锅去了。

"不是来打火锅，是来看现场！灭了门！"

“什么？”炸两条件反射地惨叫了一声，周东篱早就挂掉了电话。

我的心马上一凉，想到明早铁定是不能陪爸妈了，一分神又被人一血爆了最后一次头，彻底输掉这局。

“这是不让人过年的节奏。”炸两发动引擎，急拐了一个弯，驶出了公安局。

我把帽徽调正，戴上翻檐帽，才慢慢地开口：“恐怕也是某个人自己不想过年的节奏。”

大年三十的团圆饭对于中国人来说，无疑是极其重要的。不要说与家人近在咫尺的人，哪怕是常年奔波在外的人，只要条件允许，在大年三十这一天，都会在家里与家人吃上一顿丰盛的年夜饭，共享天伦。只是，到底是什么样的人，自己不吃团圆饭，也让别人不能好好吃团圆饭呢？

## 四

大吉利蒸汽海鲜火锅城是江州市一家比较出名的火锅店。以前听人说给小孩子起名字都是越贱越好养，这不，这火锅城的名字起得太高调，反而还真不吉利。

门口两个红红的大灯笼还悬在那里，可是却没有一丝一毫的喜庆气氛。门外警车上不停地旋转着的红蓝警示灯揭示了某种事件的发生。因为是大年三十的晚上了，火锅店里只剩下姓蔡的老板娘和几个住在城区的员工。周东篱坐在火锅店的大厅里，正在用手机查询着什么，而老板娘愁眉苦脸地搓着手站在周东篱的身后。见我们来到，周东篱站起来，跟了过来。

我们来到出事的那个小包房，这个包房在走廊的尽头。这时门已经开了，一切还保持着原样，那一家三口就坐在那里，围着一个蒸汽火锅。所谓蒸汽海鲜火锅，大部分南方人都应该吃过，特别是在湿冷的冬夜，没有什么比一个蒸汽海鲜火锅更能慰藉人心了。做法就是用最简单的烹饪方法呈现海鲜的原味：火锅的上层一般是蒸煮当季海鲜，下层同时熬煮米粥，蒸煮海鲜的汁水会流入米粥之中，米粥会熬制得特别鲜甜。就在氤氲的水汽之中，这顿团圆饭成了这家人最后的晚餐。

这个房间不大，总共就三个人。一对夫妇，还有一个未成年的女儿。如果没有望向他们的脸，一定会想到他们有可能是死于意外的一氧化碳中毒。因为他们死得那么安静，死得透透的，连店里的服务员都没有丝毫的察觉。

"不像一氧化碳中毒，也绝不是意外，所以我也任由火锅的火继续开着，等你们来。"周东篱解释道。

他们每个人的脸上都有两个大大的血窟窿，眼球被剜掉了，血液从眼眶里流到脸上，像流了斑驳的血泪，甚是可怖。三个人，被剜掉了六个眼球，那个女孩的眼镜还被砸碎在一旁。

"把火关掉吧，这眼珠子都哪儿去了？"我戴上了手套，动手关掉了炉火，掀开火锅盖子。

更浓密的一阵白茫茫的蒸汽扑面而来，六个眼球云开月明地出现了，它们被蒸得已经泛白，像患了白内障一样，躲在一群张开嘴的贝类之间，聚精会神地看着我。而剜掉他们眼球的匙子带着一些干涸的血迹，非常坦荡地放在桌上。

“我们检查过了，这柄匙子和锅盖顶部抓手上均没有指纹。”痕检的同事说。

我又检查死者空洞洞的眼眶，“是死后剜的眼。创口没有打开，血痕也没有动作过的痕迹，甚至没有擦拭，手上也没有任何血迹，血液流下来都是符合引力规律的。”我疑惑地问周东篱：“只是，有必要杀了人还要剜掉他的眼睛吗？”

“有一种迷信的说法，杀了人还要剜眼。”

“为什么呢？”我忍不住刨根问底，可是周东篱不再说话，陷入了沉思。

## 五

我对这一家三口做了尸表检查，除了都失去了眼球和流涎极多，并无特殊可见。

我见有痕检的同事在，便说：“把粥底和食材都提一些回去检测，别忘了锅盖里面也要提，毒涂在锅盖里，水汽凝结时落入火锅里，就可以做得悄无声息。”

他们都照我说的做了。

三个人吃饭，除了每个人面前的一套食具，却还凭空多出了一只碗。而这只碗前面却没有放椅子，也并不是某个死者额外使用的，因为里面没有放着食物，却有喝过粥的痕迹。我把这个碗里的残留物也用套管棉签提取了。

“怎么多了一个碗？”我出了包房，询问店里的人。

“是我吃过的，”一个瘦瘦的男人轻轻开了口，“今晚都是我进来服务。”

“奇怪了，你们店里没有规定服务员不准在服务期间与客人共餐？”我立即发出疑问。

蔡老板娘说：“你有所不知，今晚这个客人可算是我们这里的熟客，大家都叫他苏爷，这位苏爷小心得很，每次吃东西之前都要求我们的服务员先试食。今晚，他们就叫小段试食。”

瘦瘦的男人颔首。

“吃了之后，你有什么反应没有？”

小段说：“一个小时之后才有反应，口周麻木，指尖像有蚂蚁在爬。我以为只是我自己本来晚餐吃的东西有点不卫生，但是可能我中毒轻，所以我也没在意。后来见这包房服务灯突然亮了，我进去看，出事了，我才知道事关重要。”

“那苏爷执意要服务员试食，是怕你们这里的东西不卫生？”我单刀直入。

“这是什么话，如果我们这里的东西不卫生，他苏爷还能是常客吗？”老板娘反驳道。

“那么，现在的情况不是比不卫生更糟吗？”

老板娘不再吭声。

“他一直在担心有人会对他下毒，”周东篱说，“都说人为财死，鸟为食亡，这——”

“这苏爷算是人还是鸟？”

周东篱狠狠地瞪了我一眼说：“你注意语言！”

“老板娘，今晚的客人多吗？”

“今晚可是客满啊。团圆饭，现在很多人都是不愿意自己在家煮的，”老板娘摇头叹气说，“人太多，根本顾不上来，那个包房又在尽头，还是小段看服务灯突然亮了，赶过去看客人有什么需要，才发现出事了！”

“你们的服务员就不用经常走动吗？”

“这是蒸汽海鲜火锅，一开始就把食材放好了，还走动什么呀？再说团圆饭，谁喜欢老被人打扰呢？”

“那这顿饭期间，有没有收拾过什么盘子出去？”周东篱又问在场的店里的人。

老板娘解释道：“今儿是大除夕，人手本就不够，大伙儿都赶着回家过年，可是，收拾出来的盘子都已经被郑大叔清洗过了。”

被称为郑大叔的是一个五十岁上下、粗壮黝黑的男人，他局促地点了点头道：“我不知道会发生这样的事，我给大家添麻烦了……”

既然拿出去的盘子都已经被清洗过，也不能指望从包房之外找到什么可靠的线索了。

“这个包房一切保持原样，等依依回去解剖之后，也许还要回来勘查一遍，”周东篱转身对其他弟兄说，“先把尸体都搬到解剖室去吧。”

我小声嗫嚅道:“周队？”

“怎么？”

“我年初一不杀生。”我扬了扬手臂，手表露了出来，我伸到他面前。

晚上 9 点 30 分。

“首先，这不是生，”他认真地纠正我的说法，“如果你的意思是不动刀子的话，你现在别磨蹭，马上去解剖，还有足足 2 小时 30 分才到年初一。”

“你和我一起去吗？”我问周东篱。

周东篱看着炸两，炸两立即撇清关系，“我还得去查死者的社会关系，忙得很。”

“好，留意一下检材，有结果也给汇报过来。”周东篱同意了。

## 六

本是冷冰冰的解剖室，因为周东篱在，莫名感到有一丝温暖。我打算先解剖苏爷，然后是他的妻子和女儿。第一次将一家三口一起解剖，我的内心有一种难以排挤的惆怅。

“我是头一次这样守岁。”周东篱跟我说。

“我也是，”我装上解剖刀，“小时候，总觉得熬到 12 点是一件很困难的事，妈妈总是要把打瞌睡的我叫醒，但现在——”

“想要 12 点之前入睡倒成了一件困难的事了，”周东篱接上话，“开始吧。”

他在我身旁按下了录音笔。

“请原谅，我要动手了。”这是我每次开始解剖尸体前的一种仪式，也算是对死者的一种尊重。

“解剖检查，三具尸体都是一般急死之所见。他们都死于中毒，很可能是乌头碱。”

但是他们本身又没有心血管病，也没有受到过任何惊吓，这对夫妇又正当盛年，有何缘故一顿饭就三个人全部急死呢?

我把胃内容物加入乙醇之后方才装袋。

“等等，你加了些什么进去？”周东篱问我。

“乙醇，乌头碱容易水解变质，影响检出，加乙醇防腐。”我说，“周队，你问得太多了，懂这么多干吗，想跟我抢饭碗吗？”

见他不吭声，我开始用皮肤缝合器给三具遗体打钉。

周东篱看到我在收拾残局，关掉了录音笔，忍不住又说：“你好省事啊！可千万别推广给其他法医。”

“推广给他们也没用，他们不会舍得自个儿掏钱买，这耗材就很贵。凡事不要太计较形式，把案子破了就行。”

“你说得轻巧，这案子可真不好破。”周东篱又抬手看表，“快走吧，还差10分钟就大年初一了，赶紧走，你不是想讨个吉利吗？”

“都到这个份上了，还讨什么吉利啊？”我跟着周东篱走出解剖室，手机响了，发现他给我发了一个红包，打开看是9.91元，乍看之下，就是我6位数警号的末3位，但一定不止这么简单。

“请问您老人家啥意思这是？”

“希望你过了很久、很久之后，还能够不忘初心，继续前进，始终如一。”

“哦。”每次我想对上级发火或是试图让他感受到我不快的时候，我都说个“哦”，这是彩田姐姐教的，她说必须说“哦”，千万别说“好的”或是“是的”，直接“哦”就行了。如果用文字上表达，这个“哦”字后面连个标点符号也不要加。作家就是作家，在彩田姐姐看来，每个字、每个标点的使用都带着丰富又深不可测的情感，只是看你能不能够拿捏到位。

## 七

“检材给我吧，我送过去。”周东篱问我要手中的袋子。

“我去会很快，况且那谁不一定会在，还是我去吧。”我把检材送去了技术中心的实验室。

那个曾用斑蝥素涂自己手臂做毒性测试并发照片给我的家伙见到我时喜出望外。

“依依，怎么这么晚！加班哪！”

“这不废话吗？”我把袋子拎到他面前，“陈轩，检这个要多久？我已经有五成把握是乌头碱。”

“乌头碱？容易水解，不一定能检出。”

“我把乙醇加进去了。”

“也就是你！”他一听立即露出了赞许的笑容，居然伸手刮了一下我的脸。

我当时想躲没来得及，趁他不注意，下意识擦了擦他刮过的位置。

“能不能快点？我就在这儿等结果。死了好几个人呢。”

“行，你想有多快？”

“用显微镜观察结晶！”我说。因为如果真是含有乌头碱，检材净化之后与高锰酸钾在稀硫酸溶液之中，在显微镜下能渐渐凝聚成紫色棱形簇晶。

“那样的话，检出浓度只能是1∶5000。我有办法更快，”陈轩诡异地笑笑，“不用一分钟，检出的浓度可以是1∶10000，准确度可高了。”

只见他将净化的检材溶于醋酸，过滤，又加碳酸钠中和，再用蒸馏水稀释，最后取了一小滴滴在滤纸上。

我瞪大眼睛看着他。

他义无反顾地伸出舌头快速舔了舔滤纸。

“麻死我了，”他吐了吐舌头，“阳性！”之后他立即冲去洗手盆边漱口了。

他竟然为了我的一句“快”做了舌尖味觉试验，这可是尸体的胃内容物啊，而且有剧毒啊！哪个做理化的肯这样做呢？

“别感动！千万别感动，”他恢复了常态，“你这么容易感动，说不定我就失去兴趣了。”说罢，他将我置之不理，继续去看他的电子显微镜了。

“我还有事情，你自便吧。检验报告要迟一些，”他突然想起了什么，“你们那儿还有个痕检技术员也送了检材来，粥底、贵妃蚌什么的，全都有乌头碱。当然，之前我是用你说的常规办法，用显微镜观察结晶的。”

“锅盖提取的也有乌头碱吗？扇贝呢，扇贝也有？”

“锅盖？锅盖提的没有，扇贝好像也没有，”他呲牙咧嘴，“唉，麻死我了，不说了。”

“啊，那，谢谢你灵巧的舌头了。”

他的舌头起码还得麻一个小时呢，但既然确定都是乌头碱，那肯定是从食物之中下毒，我得回现场，找到如何投毒的线索。不然，周东篱肯定会吃不好也睡不好，我看不得他那个样子。

## 八

“周队，确认了，是乌头碱，我们再回现场一趟。我就在停车场等你。”

冷风之中，我裹紧了多功能服，拉上了拉链。说到底还是制服好啊，作为一个正常的女人，我还真是不舍得穿自己的羊绒大衣跑现场。

车灯闪烁了一下，周东篱小跑过来，“有点冷，你穿够衣服没有？”

“够了。”

路上，我将理化检测的结果跟周东篱汇报了一遍。

周东篱纠结起来：“如果粥底和食材有乌头碱，而锅盖没有，不合理啊。如果投毒在粥底，那么食材不应该有；如果投毒在食材，为什么那盘还没煮的贵妃蚌清清白白没有毒呢？”

“按理说，这毒肯定是下在锅盖。”我肯定了周东篱的假设。

重新回到现场，现场按照他之前吩咐的一切还保持着原状。

周东篱拿了战术手电筒斜行观察桌布。他指着一圈圆形的水渍跟我说:“锅盖曾经放在这里，这一家三口开始吃火锅。”他又有意识地在靠近门口的一侧桌沿寻找痕迹，“这里是上菜位，但蔡老板娘说过，这是海鲜火锅，一开始就把食材上齐了，而且都是上在旁边的小桌上，这一行水渍，应该是掀走锅盖留下的。”

他定定地看着我，我开口说出了他的想法:“这个锅盖被人更换过。”

为免打草惊蛇，我们只是私下询问了洗盘子的郑大叔:“有没有人拿锅盖去给你洗过？”

“那倒是有，小段说有客人说锅盖沾了苍蝇要换。那还真是好大一只苍蝇啊。”

“这事先别提。”周东篱和我交换了眼色。

“你们怀疑小段啊，”郑大叔大惊失色，“小段若是投毒，他自己怎么敢试吃，苏爷可是让他吃了。”

“那也是，不可能是小段。”周东篱说。

离开之后，周东篱对我说:“回去休息一下吧，疲劳会导致工作失误。”

这已经是年初一的大中午，我已经连续工作了不知多少个小时，我回到办公室掏出午睡枕趴下便睡。你知道吗？连续 24 小时不睡觉，或连续一星期每天只睡五小时，相当于血液中的酒精浓度达到 0.1%，醉醺醺的刘依依肯定是破不了案的。

在睡梦中，我仿佛接近了这个案子的真相。可是一个电话却吵醒了我，是周东篱打来的。我只依稀记得我梦见了一个“入”字。周东篱说话的声音由远而近，和手机里的声音保持了高度的一致，直至出现在办公室门口：“某废弃厂房边发现了一具男尸，需要法医去看看。”

“又是我？”

“其他法医的家都在外省，回家过年啦。这几天就剩下你一个法医。辛苦你！”

“不是工作量的问题，”我收拾了勘查箱说，“我接触尸体太频繁了，我喘不过气来。我指的是精神上。”

“那证明你不专业，医生不也这样吗？殡葬工人不也这样吗？”

“不对，医生接触的大多是正常死亡的，而殡葬工人虽然有可能接触非正常死亡的尸体，但根本不需要投入感情去侦查破案，更不会去思考被害人的情境和行凶者的动机……我每看一次现场，都会觉得身上的担子很重。”

“说得也是，所以我需要你，”周东篱拉起我的手，拍了拍我的手背说，“你负责让尸体‘开口说话’，我负责将歹徒绳之以法，走吧！”

## 九

一具男性尸体倒伏在厂房边，脸冲向墙角。最古怪的是，男尸的指端沾血，在地上写下了一个图案，形似一个“入”字。

“真邪门了！”我一下子想起自己的梦境。

我查看了男尸背部的四处创口。周东篱蹲下来，仔细看了看尸体的脸。

“你看什么呢？”

“看一下有没有被剜眼啊。”

“只是剜眼就能并案？周队你的思维好粗犷。”

“你错了，这是一种深层次的东西。”他站了起来，潇洒地摘掉手套，蹲到一旁抽烟，远远看着我说，“你继续。”

“刺入口都是一创角呈钝角，一创角呈锐角，可推测是单刃凶器。有一处是刺切创，这应该是首次刺入的地方，当时死者和凶手都在运动，所以近创角处有‘人’字形分歧，而位于肩胛骨左侧的这处创口，刺管创末端位正好是脊柱，可知这把凶器刃部大约 9 厘米。”

“有没有可能刺入第一刀之后，死者就脸冲下倒地了？”

“现在情形看起来正是这样，从刺创角度来说，其余三处刺创是倒地后刺入的，而且，他这里，”我扯开死者衣领，指着死者右侧颈部，“凶手右手持刀，左手造成了右侧颈部的扼痕，因为扼痕的形状不规则，证明死者当时还抵抗过。从这个扼痕看来，死亡时间已有 12 ～ 14 小时，因为只有经过这么长时间，表皮才会剥脱干燥成红褐色羊皮纸样斑。”

“死者不是被刺死的，是被扼死的，颜面发绀，眼球结膜有溢血点。”

“还要解剖吗？”周东篱碾灭烟头问我。

“不，没必要。”

“不是因为是年初一吧？”

“不，这具尸体已经把话说得很清楚了，你去找凶手就可以了。”

周东篱长叹一声道：“真想我来当法医，你去找凶手啊。”

我眨眨眼，他说得没错，作为一个法医或者痕迹技术员，只要专业技术够硬，眼光够毒，要做的等于“连连看”或是“大家来找茬”游戏，而作为一名侦查员，还需要异常强大的逻辑思维能力，推出因果，而要总揽一个案子全局的队长，更是应该如此，哪怕是周东篱这样的小小队长。

“这个尸源好找吧？”

痕检的弟兄已把尸体的指纹提取了，“不知道。”

我插话说：“肯定好找。”

“为什么？”

我把男尸左侧的袖管拉高，露出手臂上的虎不像虎、猫不像猫的刺青，显然是画虎不成反类猫，“没看到吗，有个猛‘猫’，单线条的猛‘猫’啊，这个水平也真是……艺术家会这样糟蹋自己吗？摆明就是个街头混混，而且进过局子。”

# 十

跟着周东篱回局里的停车场，正好我兜里的手机响了，我划过“接听”，听见妈妈亲切的声音：“乖女儿，新年快乐！身体健康！在哪儿呢？还忙着呢？吃过饭没？我跟你爸在看烟火。”

“是，吃过了。”我抬起头，绚烂的烟火在头顶上绽开，这已经是大年初一的夜晚了，我知道我跟爸爸妈妈隔得不远，我敢肯定我们看的就是同一片天空下绽放的烟火，这也是一种很微妙的幸福。

“您要是有空，帮我收拾一下屋子吧，都乱得不能住人了。”

“还用你说。这么辛苦，要不就别干了吧？”

“妈，又来了！”

“好好，不妨碍你工作，我挂线了啊。”

周东篱与我步入电梯时，依旧在纠结“锅盖”和小段投毒的可能性。

“如果真的是小段投毒，他到底有什么动机？什么样的深仇大恨，需要把人家全家灭门？”

“不是说有动机的杀人是最蠢的吗？”

“不可能完全没有任何动机，所谓的没有动机只是相对‘显而易见’的动机而言，即使是买凶杀人，那杀手的动机都是为了‘钱’，你说呢？”

“你的意思是小段是杀手？”

“不，即使凶手真的是小段，但这个凶手绝对不是职业杀手。因为他心理上有所顾忌。”

回到办公室没多久，无名尸的尸源也查清了，周东篱看着那张违法犯罪信息说：“小刘，还真是让你猜着了。”

“这不是猜，是严谨的推理。”

“骆从，2010 年 7 月因抢劫入狱。”

这时炸两也走了进来，手中拿着一堆资料扬了扬，“可巧了，那苏爷，也就是苏文俊也蹲过号子，服刑时间是从 2009 年 12 月开始的。”

周东篱看了看两人的资料道：“他们的服刑时间有相当一部分重叠了，他们可能在狱中认识。查一下他们的经济往来。”

“那骆从有个老婆，不如直接问问吧。”我也探过身子看了看资料。

我拨通了骆从妻子的电话：“骆太太，我是公安局的，请问你认识苏文俊吗？”我没有直接告诉她她丈夫的事。

她毫无机心，直接就说了：“我老公给他开车。我老公出了什么事吗？他早两天出去之后，到现在都没回家！”

“那你为什么不报案呢？”

“因为这也不是头一次。每次都是虚惊一场，他都会回来的。”

我知道事情不是这么简单，而是因为她很清楚自己嫁的是个小混混，一个过着刀头舐血日子的男人，所以，在没有明确丈夫遭遇生命危险时，她自然不会主动去招惹警察。

“他不会回来了，你到公安局刑侦支队来一趟吧，有人会跟你说的。”

“嫁鸡随鸡，我就知道会有这么一天的……”电话里头传来了抽泣声，我静静地听着，等待她先把电话挂断。有人说婚姻是女人的第二次投胎，或者说资产重组，是的，但多一次机会并不代表肯定会比第一次好，骆太太的情况就是如此。当然，有些女人有足够资本的话，可以一直投下去，直到重组到自己满意为止，但大多数依靠男人过活的女人，只有一次机会，如果这个男人出了差池，自己也会落到满盘皆输的境地。婚姻也遵循着马太效应，有资本的女人越嫁越好，而依靠男人的女人呢，仿佛越穷越见鬼……我不愿意相信，但情形就是如此。

两个案子终于有了交集，我们就像看见了曙光。

“如果骆从是苏文俊的司机，而凶手先后杀了他们，这个‘因’很可能是他们一起的时候发生的。”周东篱用探讨的语气征询我的看法。

“我们换一个角度吧。”

“哪个角度？”

“查查小段。”

## 十一

小段，云南人。他没有任何违法犯罪前科，但他的名字却出现在半年前的一宗交通事故里。调取交通事故的宗卷后发现，那宗交通事故他应负全部责任，他也因此失去了自己的妻女，并要赔偿一名已经成为植物人的货车司机一大笔赔偿金——扣除保险公司在交强险及商业三者险范围内承担的赔偿责任，仍需要一大笔钱，他根本负担不起。

“周队，是他了，走。”

“你这是臆测？”

“不，是女人的直觉。”

周东篱并不相信女人的直觉，他带我去监控中心调取了事故当天的路口监控，最终将目标锁定在一辆黑色越野车上，他放大了那辆黑色越野车的车牌，查了那辆车车主的名字：苏文俊。

“没错，真是他。”

去到小段租住的地方，敲门良久，无人应门，周东篱破门而入。

小段坐在正对门的一张椅子上，孱弱地笑笑说：“我还是先走一步了。”他手中早已空空的玻璃小酒瓶跌落到地上，应声而碎。在碎片里我看到其中一块，粘了白色胶布，上面潦草地标注着：乌头药酒。他的椅子背后是两个简单的牌位，前面的香炉燃着的半炷香，还袅袅地有烟雾升腾。

在小段的住所，我们还搜到了一把与骆从身上创口形态相吻合的水果刀。

小段到底还是走了，乌头碱吸收快，毒性强，我们没能把他抢救过来。

## 十二

夏夜，绝对是一个荷尔蒙迸发的时刻。有些人会趁着这种时刻，寻求某种生死一瞬间的刺激。但这种刺激，总会让某些原本不相关的人发生化学反应。不要以为化学反应只有爱，其实爱与恨，也只不过是一线之差。

小段从技工学校毕业之后，在江州市一家汽修厂上班，生活也渐见起色。有些女孩并没有想象中那么昂贵，要有房有车才能谈爱，虽然是少数，但毕竟是有。他就幸运地找到了这样一个姑娘，愿意和他同甘共苦，组建起一个小家庭。这个小家庭在一年后因为一个小女婴的降临，更添了几分甜蜜。女婴满月之后，小段请了假，筹划着跟妻女回一趟老家。

“在外乘车多受罪啊！”小段舍不得妻女和他一起坐长途车。

“租车费按天算挺贵的。”

“行了，我去我朋友公司租，也没多贵。”于是小段租了辆车自驾回去。

车况是没有问题的，小段的驾驶技术是没有问题的，哪个汽修工不会开车呢？可是还没驶出江州市，就出了事。

事情是这样的，他突然被“别车”。这个“别车”并不是寻常意义上的超车，不是紧贴着被超车快速并线，因为经常有这样的公交车——这种行为不会影响被超车的车的正常驾驶。这里说的“别车”是真正的“别车”，就是强迫你变道，你不变道就会被剐蹭或是碰撞，即使你紧急刹车也不可避免。当时的情形是右侧方驶过了一辆车，与小段的车几乎首尾交叠的时候，那辆车的车头别了过来。因为小段的车是租回来的，他当时就想着多一事不如少一事，就紧急变了道——

他全部的注意力都在右侧那辆“别”过来的车上，丝毫没有发现迎面而来的一辆货车，那辆货车将小段的车拦腰斩断。货车撞击点正是车子的右后方，所以小段的伤势并不重。他记不得自己是怎样从驾驶室里爬出来的，他也看不清哪里是妻子哪里是女儿，只看到地上一摊是血……而货车司机也满脸是血歪倒在窗前不省人事。

一趟本是以团聚为目的的旅程，却因一个意外事件让小段与妻女永远阴阳两隔。

那个夏夜突然下起了雨，小段哭得肝肠寸断，他愧对她们母女。他不知道自己是怎样被送到医院，又是怎样康复出院的，但他的胸口是剧痛的，因为他毁了两个家庭。在这宗交通事故之中，小段要负全部责任。货车司机成了植物人，因此小段还要承担巨额的赔偿。

他曾经几次深夜潜入医院，看着昏睡不醒的货车司机说：“哥们，对于我的妻女的死，我真的不怪你。但是对不住了，我不知道能撑到什么时候。”小段离开了汽修厂，搬到另一处出租屋，因为他想要离开熟悉的环境，熟悉的一草一木，那些都会让他不间断地想起妻女的点滴。他是个能吃苦的人，长得又有几分秀气，所以他成功应聘成了一家火锅店的服务员。也就是在那家火锅店，他揭开了谋杀他的妻女的凶手的真正面纱。

## 十三

时间倒退到两个月前，大吉利蒸汽海鲜火锅城的大厅来了一大桌人。小段虽然在这里工作时间不长，但他已经认出了两位常客，是那个叫“苏爷”的老板跟他的一个跟班。

吃火锅的时候，那桌人少不了喝了白酒。酒喝高了，他们就谈起了赌博。

“每个车等会儿坐一个公证人，计分，时间一个小时，今晚谁别得多，就赢一万块。如果能让别人发生点事故而自己可以潇洒脱身的，再加一万！”那个苏爷吐了个烟圈提议道。

其中有一个人有些犹豫道：“才几个月，吉祥路那宗车祸你们都忘了吗？多危险啊！一地是血，太可怕了——听说有一个至今还在医院躺着呢——”

有人环视了一下四周“嘘”了一声。

苏爷怒了，一拍桌子，“他紧急变道是他有病，他可以撞我啊！你，还有你，不去就赶紧滚！”

“说起那次，还是阿骆车技好，我说就别这车，他一踩油门就上了，有多危险？我们不照样活得好好的？”苏爷竟将血淋淋的一场事故当成了他招摇过市的功勋章。

吉祥路。听见这三个字，小段空落落的胸口又重新被撕扯得血淋淋的，他屏息听了下面的几句对话，眼睛都开始发黑。他续茶的时候都不利索，洒了一点在苏爷的跟前。

苏爷狠狠地瞪了他一眼，“哪来的傻货！”顺手还掐了小段的手臂。

小段就退下了，他目送苏爷和阿骆上了一辆黑色的越野车，车身有着白色的骷髅头拉花。这个骷髅头拉花如此熟悉，他当天躲避的不正是这辆车吗？

一个本来沉溺在伤痛之中不能自拔的人，被人活生生地撕扯开伤口，一口一个“傻货”地撒盐，他被刺激得振作起来了。

“我不想死了，我想好好活着，活得比他们长。”他用乌头药酒按揉手臂瘀伤的时候，想起了很多小时候的事情。

乌头药酒，是来自他老家的药酒。他哭了，他甚至一直编着谎话瞒着家里的老母亲，说最近太忙了，过些日子就带妻女回去探望。老母亲活得通透，催促了几次，也不再多提，因为半年前，他本就是约定了日子要回家的，后来就一直没回来，肯定发生了一些什么。只不过老母亲以为是儿媳妇不愿跟儿子受苦，可能是小两口闹了矛盾分开了。否则，她不会忍不住说：“儿啊，回来吧，跑了就跑了吧，媳妇儿跑了不是什么丢人的事，娘给你重新介绍个好姑娘。”小段因这事头一回跟老母亲在电话里吵了架：“她没跟人跑，是我对不住她娘儿俩！您就别说了！”

挂了电话，他久久地握住那瓶乌头药酒。

## 十四

小段来自云南大山，那里家家户户都会使用乌头泡药酒。乌头药酒可以通畅血脉，消散瘀滞，调经止痛。当然，乌头还能吃，不过全国各地都有吃乌头中毒身亡的案例，但其实只要注意剂量，也不会发生意外。老母亲就很会用乌头做作料炖肉。在那个物质匮乏的年代，一块肉多珍贵啊，山民们也只能是找一些山中药材来当作料，老母亲就用乌头来炖肉，乌头炖出来的肉特别鲜美。后来能吃上肉的日子渐渐多了，但老母亲用乌头炖肉的习惯一直未改，因此，小段可以说是吃着乌头长大的，能毒死一般人的剂量，在他的身上根本不会有任何反应。所以，他偷偷回到老家，带回了一些乌头，并用土法将乌头磨粉，过滤，萃取，每一个步骤的完成，他都觉得心潮澎湃。当他从火锅店的订餐登记本上得知苏文俊在火锅店订了大年三十的团年饭的时候，他意识到这是一个天赐良机，他甚至不自觉地说出了那个包房的房号。

他的怪异表现被刚巧酒足饭饱经过前台的骆从看在眼里。骆从醉醺醺地问他："怎么，你对苏爷那么感兴趣？"

小段赔起笑脸，小声说："对不起大哥，我听说苏爷素来要求高，我伺候不起，我是想避开这个包房来着。也就您那样的，他才看得上。"

骆从被拍了马屁，笑嘻嘻地走了。还有两天，小段生怕日久生变，他尾随了骆从，当骆从走到一个废弃厂房的时候，小段见四下无人，就冲上去用带在身上的水果刀刺了他一刀，骆从朝前跑了几步倒地，小段扑到他身上（背后），把刀拔出来，又刺了两刀，但小段屡次刺不中要害，就改用左手扼住骆从的脖子，又刺了一刀。骆从终于不再挣扎。

小段小时候曾听村子里的老人讲故事，杀了人要剜眼，因为在死者的眼睛里会留驻凶手的模样。骆从死时并没有看着小段，所以小段带着刀子匆匆逃离了现场。

他不知道骆从挣扎的时候，用自己的血在地面上写了一个"入"字，其实，那个不是"入"字，是骆从想给苏文俊的警告。因为，那是一个代表"别车"的示意图。他还是猜到了到底是什么人对自己深怀怨恨，当然这些事情，即使他还活着，也是不可能跟警察坦白交代的。

当晚，小段去吉祥路路口给死去的妻女烧了冥币。他知道只要他对苏文俊动了手，无论有没有留下确凿的痕迹，他都会有重大作案嫌疑，因为毕竟他会是当晚的服务员，那么，他再想来吉祥路路口给妻女烧点冥币，就会很不容易。他想着因为他的缘故，鬼差大人也挺辛苦的，他就多烧了一点冥币给鬼差。其实他也怕，万一，苏文俊那一家被抢救过来了呢？所以他烧给鬼差的冥币除了有慰劳的意思，也有行贿的意思。

"到时候，请快点把这人渣一家弄走。"

至于，为什么不放过苏文俊的妻女？因为自己的妻女也死了啊，死成一堆血泥，他好歹还给苏家人留了全尸呢不是。一个有了执念的男人，是没有办法用常人常理来解释的。

于是，大年三十，小段如愿把苏文俊灭了门。他再次进去查看时，他们的眼睛就圆溜溜地看着他，他不寒而栗，又想起村里老人的话，就用匙子将他们的眼珠子都挖了。然后他冷静地打开了服务灯，制造出自己正忙着，是因为看到服务灯召唤才进去发现这一幕的假象。

小段把苏家灭门之后，他又度过了一个难眠之夜。苏文俊与妻女在氤氲之气之间吃团圆饭的影像与他们空洞洞的眼眶频频交替出现在小段面前。鬼差大人不是把他们都带走了吗？他又给家乡的老母亲打了个电话："孩儿不孝！母亲养育之恩，来世再报！"只听到母亲在电话里头哀号，他狠心挂断了电话。母亲已经年迈，不多久，他们也能在泉下团圆了。

他看着妻女的牌位，点了一炷香，喝下了整整一瓶乌头药酒。

“我来跟你们团圆了。”他坐到了牌位前面，在咽气之前看到了突然破门而入的警察。

## 十五

春节假期，感恩有那么几天平安无事，我也能跟爸妈共享天伦。年初九，他们就回珠河市了。爸妈回去之前，妈妈又拉着我的手千叮万嘱：“不喜欢就别干了，看你这累的。你又不喜欢我们经常过来。”妈妈又抹眼泪。是啊，我家虽不是大富人家，但家境也殷实，从小就是家族里的中心，我也没受过任何苦（除了书念得不怎么样和一次告白男生被拒绝），妈妈见我干着又脏又累的活儿，自然心痛得不得了。可是每个女人心里都有一个英雄梦，只是我的英雄梦略微不同，我不是想被英雄拯救，而是想做自己的英雄。

“您俩过来也得我有空啊，不然也是跟我的房子待一块儿，来干吗呢？”

“好吧，好吧，你得空了就回来吧！我们就回去了。”

年初十，回到办公室，单身的周东篱也给了我一个红包，“快长高长大！”

“我有个事一直没想明白。”

原来这个红包是买答案的。

“只是云南，你怎么就能确定是小段下的毒？”他问。

“我不确定，只是云南属于分布有乌头属植物的地区。而有食用乌头习惯的人，对乌头碱能耐受比一般人大数倍的剂量而不致中毒。如果小段要在苏文俊跟前试食才能让苏文俊放心食用的话，那么乌头无疑是最好的选择。”长期食用同样的毒物，机体对该毒物的反应会逐渐减弱，能达到耐受中毒量甚至超过致死量的程度。通常吗啡服用 0.1 ～ 0.25 克的量即可致死，而吗啡瘾者一次能服用 1 克以上的吗啡。

我怕周东篱不懂，我又补充说：“这有点像老司机，感觉阈限越来越高了。”

周东篱伸手揉进我的长发里，像揉一个小孩的脑袋，“你是不是傻！以后别在我面前说这种话，否则我要将你的脑袋拧断。”

女法医勘查手记

入骨相思

# 夕颜花

—— 入骨相思 ——

它于黄昏盛开，于翌晨凋谢，

悄然含英又倏然零落，

然而瞬间即永恒，

恰似短暂却永远的爱。

# 一

南国的冬与春，不甚分明，虽然过了春节，但料峭的春寒却让人会错觉这时冬天才是真的到了。

男人心满意足地提上裤子，又俯身从女人的脖子上将领带解了下来，重新给自己系上了。他还拿起一件大衣搭在自己的手臂上，潇洒地转身离去，细窄领带在风里不断地挣扎着使劲儿拍打他的前襟，就像那个甜得出汁的女人半小时前那样拍打着他。男人显然也想起了女人的小动作，他笑了笑，把领带扯了一下，然后又任由风把它刮起来了。一个提着小篮子低着头匆忙赶路的老太太，差点就撞到了他的身上。

“老人家，没事吧？”男人还扶了老太太一把。

“没事没事。”老人家的视力不好，仔细看还能看到她虹膜上的白斑，她掀开臂弯里的藤篮，吃力地看了看，里面的小酒壶没有泼洒，心头大石也落了地。“这年头见到老人家还敢扶一把，不怕讹的人也不多了。”她的评价缓缓而来，而男人早就消失得无影无踪。

惊蛰马上就到了，家家户户的一些上了年纪的女人们都要“压虎口”。所谓“压虎口”就是用祭品拜祭一些村口的石虎，这就等于封住了虎口，只有压制了虎口，沉睡了整整一个冬天的“老虎”才不会随便伤人。她们认为的“老虎”其实是有引申义的，那就是所有不好事情的发生，都算得上是“老虎伤人”。但用祭品拜祭石虎其实很不容易，因为那首先得有个石虎。

一些城里居住的老太太经常在惊蛰的前一天去某些有石虎的村口拜祭，但大多数的村民都不喜欢外人这样做。大概有两种原因：一是怕事情太多，石虎管不过来；二是怕外边的人太积极了，供品太丰厚，显得本村的人不知感恩，石虎要降罪。所以想要拜祭石虎为一家老小求得平安的老太太，总是要摸黑出发，黎明前就到那些村口进行这种一年一度的民俗活动。

## 二

穿过这片长满蕨类的山地就能到鸡爪子村了。鸡爪子村在桃江区的东南部。那村口就有一只挺灵验的石虎。年年都来，走了几十年了，就算看不清也能走得利索。老人家一不小心又被绊了个趔趄，她想着是什么东西，得把那东西挪开，否则再有人也会被绊倒的。她眼神不好，就蹲了下来就地一摸，摸到了一个球状的东西，她琢磨着捡起来兴许还能带回家给孙子玩，可是她费了半天劲儿就是捡不起来。

老人家拨开了丛生的蕨草，在淡淡的月色下费力地观察到底是什么让一个小球无法脱离地心吸力。待她看清楚，就被吓得魂不附体，不知怎样跑了开去，连原本挎在臂弯的藤篮也不知道落在了什么地方。

“你真的确认是在这里？”天亮之后，由许老太带路，周东篱带着我到了鸡爪子村。我看见村口的石虎，其实并不像虎，只是一块造型非常粗粝的石头，不知道它如何能享受兴旺的人间烟火。许老太来到此地，依然惊魂未定，“大概就在这个地方，不会错的。”

“可这里什么都没有啊？”我对周东篱使了个眼色，又偷偷指了指自己的眼睛。我不相信他没有注意到许老太有轻度白内障，虽然只是轻度，但看东西并不真切。

我们又分散警力将这一带都找遍了，并没有见到许老太报案时称的那具“嘴里塞着小球的女人尸体”。在村口拜祭石虎的村民们显然发现了我们异常的举动，一个看起来像村干部的人带头走向了我们，后面的人还牵了几条狂吠不止的土狗。

我下意识朝周东篱的身后躲了躲。

“这石虎除了我们本村人，谁都不得拜祭。”那村干部模样的人开门见山地说。

“大爷，我们是警察，并不是来拜祭的，”周东篱出示了警察证，“我们接到报案，这里有一具尸体。”

“别说笑了，哪来的尸体？若真是有，还会重新站起来跑了不成。”那人说完还冷冷地“哈哈”了两声，他身后的村民们也一起附和。

“快走吧，别坏了我们村的风水。”

周东篱只好宣布收队。回程的时候，许老太还是信誓旦旦地说：“我简直不敢合眼，那张撑圆了嘴巴的脸老在我面前晃。”我没有说话，只是想象着那张脸，如果有，一定是尖叫的脸，就像蒙克《呐喊》里那个变了形尖叫的脸一样。但老人家有时候会模糊了现实和想象的界限，特别是空巢已久的老人家。我打算与许老太好好谈谈，虽然不专业，但总比不谈要好。我转脸面向许老太的时候，突然在她的左上臂位置发现了一块可疑的暗红色污渍。

“这是什么？血？您受伤了没有？”

“受伤？我是老了，但并不糊涂，我没有受伤。”

“您确定？”我有预感那就是血，我一边问，一边用蒸馏水将污渍喷湿，用套管棉签采集了。

她扭头看了看说：“是什么时候弄脏的，我怎么不知道？”

“您摔倒时蹭上的？”

“我没有摔倒，我就是走夜路的时候，险些摔倒，”许老太想了想，“难道是他？天啊，他的手上怎么会有血呢！”

## 三

那个曾扶了许老太一把的男人回到了家，进了门，他耸耸鼻子，似乎很满意屋子里的气味，那种隐隐约约的腥臭让他感到前所未有的妥帖。冲着门有一只大玻璃罐子，上面开着一行气孔，一看就是养着某种活物的器皿，器皿上还贴着一个造型生动的孙悟空贴纸，只是从那贴纸的颜色看来，已经有了不少年月，器皿里装着的黑乎乎的东西到底是什么，让人一时也分辨不出来。他掀开盖子，从兜里拿出一只用过的套子，打开活结，把里面白乎乎的液体倒了进去，玻璃罐里面黑乎乎的东西立即躁动起来，无数爪子摩擦玻璃的声音让人听着齿冷，但男人却如同聆听天籁一样，按着节律摇晃了几下脑袋。

他想起那个美丽的年轻姑娘，她躺在冰冷的山地里，在那些充满毛刺的低贱的蕨类之间，她的体温也逐渐趋近于地面泥土的温度。她的双眼朝上，看着有些鼓胀，她的嘴巴也张开着，塞着一个被绑在她脑后的皮带固定住的口球，整个人以一种不自然的姿态定格在那里。她死得很美，就像20年前的那个女人一样。如果她当时没有用那该死的指甲抓他，她的死相会更美，起码不会如此残缺。男人又翻出一只血迹斑斑的塑料袋，里面的东西也落入了玻璃罐子，发出几下并不清晰的响声。那是十只尖尖的手指头，上面还涂着猩红的指甲油。男人扒开自己的衣服，低头看看前胸，几道血痕赫然在目。他回头拍打玻璃缸，“吃吧宝贝。”虫子们成群地挪动向新的食物，露出了它们腹部下原本遮盖住的一堆细碎的指骨。他盖上了玻璃罐盖子。

## 四

“你还记不记得他的样子？”我问。

许老太苦笑道：“我本来就看不清，又怎样记得呢？”

“石虎”“不翼而飞的尸体”，让周东篱和我如坐针毡。

“就算我们现在回去，也肯定问不出什么，因为我们没有确凿的证据，而村子里的人对外来者又有明显的抵触。”周东篱沉思良久，突然发问：“几点钟惊蛰？”

许老太很清晰地告知：“酉时。”

“每个时辰都有两个小时，具体是什么时候呢？”周东篱又问。

“约莫下午 5 点多。”

“那么我们在下午 5 点之后再去一趟，”周东篱解释道，“因为‘压虎口’要在惊蛰开始之前才有效，在那个时间节点之后，村民们的敌意就会减弱。”

“这什么风俗？还不准外人拜祭村口的石虎？没道理啊。”我咕哝了一句。

“这有什么奇怪？我老家那村子里还不准外嫁女清明的时候回来祭祖呢，”周东篱冷笑了一下说，“说是怕自己祖先会让外嫁女的一支旺了起来。”

“拉低了中奖率？”我讨厌别人说什么“嫁女”“娶妻”，明明是男女平等的社会了，应该用“结婚”这个说法，至于“外嫁女”，加上一个“外”字，仿佛真的成了外人，甚至是自幼长大的村子里的外人了。

“大概就是这么个意思，”周东篱说，“你是独女，自幼在城市里长大，自然是大惊小怪。”

“这事儿说白了就是迷信。”

周东篱指了指我的粉红勘查箱，“谁迷信？”

## 五

回到局里正是饭点儿，饭堂估计要让我们补补，做了羊肉，一进门就是羊膻味。我厌恶地皱了皱眉头。

饭堂的位置是有规划的，坐在这个位置的都是我们刑侦的，一坐下来就开始“飙车”，如果他们坐在户政的姑娘堆里，我想他们多少是会给自己留点脸面的。

“羊蛋在谁那里啊？”

我自然不会惹事，但是有时候不惹事的人，会反遭人公开点名。

“依依，是不是在你那里？”

“羊不是胎生的吗？哪来的蛋？”

“公羊就有啊。”

“你们问羊睾丸？不在我这儿，”我扒拉了一下自己的餐盘，慢慢抬起头，“如果有，我肯定留给你们。谁有这个需要？以形补形？”

没人接茬儿。

周东篱压低声音：“你就不能当听不见？”

“你如果帮我回答，我就不用自己说啊，”我生气了，“我上了牙套呢，还不太习惯，本来就吃不了什么，智齿还发炎！你就不能体恤吗？”

“我还管不了你了？”

“管得了人，还想管意识形态？请问你是宣传部吗？”我把盘子端起来，“我吃饱了。”

周东篱也跟了出来，“你采集的检材什么时候能出结果？”

这时我的手机响了起来，我瞥了一眼来电显示说：“现在。”

我按下免提：“依依，吃过饭了吧？确证了那就是血迹。但DNA比对结果没那么快，再说不一定有。”

“那好，谢谢了！”现在的DNA库的确不完善，但到了多年以后，当收集的样本越来越多，很多从前破不了的陈年旧案必然都会因为科技的发展而逐渐破获。所以基础收集的作用是非常重要的。

## 六

下午4点45分，我们再次赶往鸡爪子村的时候，莫名其妙地下了一场雨。

坐在车子里，胶条老化的雨刮片每次划过前窗玻璃，都发出让人心烦意乱的噪声。

正在开车的周东篱迅速与我对视了一眼，我说：“糟了，血迹可能都被冲掉了。”

“既然都到了，下去看看吧。这阵子，没人。”

我透过雨帘看到村口这一带的确连人影都见不到，只有石虎兢兢业业地蹲踞在雨中，守着这个村落的安宁。

周东篱探身到副驾驶室，打开抽屉扔给我一套雨衣，“穿上。”

“你呢？”

他已关上车门冲进了雨里。

他打着紫光手电筒躬身在山地上寻找可疑的痕迹。我朝他跑了过去，他一边仔细地搜寻，一边摇头说：“一无所获。”

“也罢，早上那老人家说的地方，也是在这儿。”暴雨一向是骤来骤去，渐渐有了停歇的迹象。周东篱又蹲下拨拉了一下草丛，照了照泥土，依旧没有找到他想要的疑似血迹的“土棕色反应”。

“你肯定是在这儿？”

“怎么？你还不相信？这些紫色的小花还是很容易认的。”他尽量把脑袋贴近地面，企图从草叶的背面找到一点痕迹。

我戴上手套，蹲下来采了一朵紫色小花，伸到周东篱眼前，“好看吗？”

“这都蔫了，能好看吗？”他用手指顺着额头梳理了一下湿淋淋的发丝，一些水滴溅到了我的脸上，仿佛带着诡异的温度。

“这种花，叫夕颜花，又名月光花，盛开在月光下，黎明前就会凋谢。”

“你知道得可真多啊。”

“这花儿别致，我有顶定型帽上面就是做了这种花。”

“我说小刘，你咋还有心情在这赏花呢？”

我一朵一朵地撕开夕颜花，紫光手电照射在那些撕碎的花瓣里，我们看到了土棕色反应。

“它用身体为我们保护了犯罪现场。”花瓣上虽然留有疑似血痕，但是由于暴雨的肆虐，这些痕迹也由于客体形状的改变，已经看不出当初的形状，我不能据此判断痕迹是如何形成的，比如滴落的高度、有无相对运动等，一无所知。我小心翼翼地将花瓣收进了检材袋。

“走吧。”

“怎么不趁热打铁，到村子里去查一下？”

“这可是大村，就我俩？寡不敌众，还是走吧。”

“可是——”

“听我的，”周东篱的衣服早已浑身湿透地粘在身上，他打了个喷嚏，“分头行事，你去检验中心，我得回去换衣服。”

## 七

在实验室里，陈轩将花瓣排列开来，放在显微镜下看。

“不是普通的伤害案，很可能真是杀了人。”他腾出位置，把显微镜给我看。

“是人体组织。”我只注意到花瓣上的疑似血痕，却忽略了落入花蕊里面的组织。

“准确来说是结缔组织。”

我回到办公室的时候，周东篱已经换过衣服，正在擦头发。我将情况汇报了一遍。

“你说到底什么凶器刺进去还能把人体组织都带了出来呢？舞刀弄枪的这些事情，你打游戏很有经验。”

“刺进去还能把人体组织都带出来？”我反问道，“你以为洛阳铲啊？”

“碎尸也不像，现场很干净，”周东篱哀叹了一声，“如果真是杀了人，尸体到底哪里去了？”

“如果许老太当时撞见的就是凶手，那么是离村方向的，应该是外地人，而且走的时候相当从容，断然不会是当时忘记了，然后一个小时之内再回来收拾尸体。”

“你的意思是鸡爪子村里的人把尸体藏起来了？那肯定有因由，这个因由是什么呢？”

“守株待兔。”

“什么？”

“你去把鸡爪子村的地图拿来吧。”

“去哪里拿？”

“请你发挥主观能动性。”

我很想告诉他，只有超级英雄才够资格高配这种能够经常发挥主观能动性的女秘书，首先他不是超级英雄，其次我不是女秘书。可是他说完这话之后，已经扭头看着窗外，不再理我。

我上外网查过，不少卫星地图能够把城市显示得很清晰，但是农村，就显示不了了。

一个小时之后，我还是拿到了鸡爪子村非常详细的实景地图。

周东篱看到了很多细节，是卫星地图不能拍到的那种程度，他大大地赞赏：“可以。”

“不用钱吧？”他问。

“暂时不用。”

“怎么讲？”

“我的大疆精灵挂村口的大榕树上了。你帮我拿回来，就算不用钱。”吃土了一个月，才买的航拍飞行器为了帮他搞个地图就没了，我心疼自己。

可是这个“阿尔法男”一点也没注意到我憋屈的心情。“你看这里，”周东篱指着地图解释，“哪怕是本村的人，只要是横死，按照风俗尸体肯定不会搬到村子里去的。你也看到了，他们对风水很在意，风水影响的是什么？是一个村子的运气，他们眼里的运气无非是财富、后代。”

“尸体肯定是隐藏在村子旁边的某个地方，入夜之后，他们才会有所动作。这里，这里，还有这里，”周东篱在地图上圈了三个位置，“今晚的任务你就别去了，我安排三个组守着，我跟炸两各带一组，剩下的一组从队里再调配一队人马支援一下。炸两，你听到了没？”

“炸两呢？”我疑惑地看着周东篱。

“我也找他一天了，炸两呢？”这时隔壁队的女实习生突然探脑袋进来问。

“执勤去了，不在。我们在开内部会议呢。”周东篱把她撵了出去，关了门。

这时，炸两居然从窗外跳了进来。这可是10楼啊！

他掸了掸身上的灰尘，若无其事地说："空调压缩机大冬天取暖也挺好的。那女的走了吧？太黏人了。"

## 八

周东篱圈出的三个位置分别是村口东边的巨型草垛、池塘边的公厕（这种公厕是依池塘而建，基本上只算有一个建筑物的壳，却没有化粪池，如果有人在里面如厕，外面的人还能见到里面拉的是什么），还有村尾的一棵大树。

"这棵大树还能有什么可疑？"

"我们这儿有寸木寸金之说，因为十树九空，"周东篱对即将参加行动的人员说，"这三个地方，一有异动，我们就必须先发制人，才能人赃并获。"

"当然了，这个'赃物'有点不一样，很可能是具尸体。我们的最终目的是找回一具遗失的尸体，而不是逮捕村民，我一直认为凶手另有其人。由于这事情涉及一个村子的利益，很可能会引发群体性事件，重要的事情说三遍：这次行动中一定要慎用警械！慎用警械！慎用警械！"

入夜，周东篱部署好警力在三个点上。

"我一定要跟去。"

"理由呢？"

“我也是队里的一分子，如果你认为有危险就不让我去，你就是因为性别问题排挤队员。”他最后妥协了，但也只允许我留在车上。

“小刘，我们都不在，有什么紧急情况，你直接开车走。”他走了两步又回头叮嘱：“对讲机用 5 频。”

“知道了。”

整整守了大半夜，除了有两个人鬼鬼祟祟地进入公厕（后来查实，那两人是在交易毒品，联系缉毒警察来接手处理了），其他两个点并没有任何动静。眼看天就要亮了，周东篱宣布收队，各自解散。周东篱回到了车上，他摇了摇头说：“看来要强攻了？”这时，村里传出了几声狗吠和隐约的人声，一些手电筒的光亮也在村子里晃动起来。

炸两也回来了，“好像有动静。”

“我们不能随便进村，而且我始终认为如果有尸体，也一定藏在村外。重要关头，千万别去捅马蜂窝。”

这时指挥中心调度科传来消息：鸡爪子村里有人聚众斗殴。

周东篱精神立即上来了，“好运气来了。跟指挥中心报我们现在进村。”

“包括我吗？”

周东篱看了看我说：“小刘，你跟着我，炸两殿后。”

“把打狗棍都给我拿好了。”他塞给我一个警用手电筒。

## 九

村民都聚集在一间屋子旁，那屋子旁边还有一块有坡度的空地，有些人手里还拿着铁锹。

“我们是辖区民警，接报后来处理警情。”周东篱其实并没有处理斗殴纠纷的经验，急中生智开了个头。白天那个村干部模样的人也在其中，所幸没有村民把我们认出来。

“警察同志，我们没事。”

“谁报的案？”

“我……我按错号码了。”一个脸上裂着血口的村民神情闪烁地开了口。

“你的脸怎么了？”

“刚刚上厕所不小心摔的。”

我们都心知肚明，上个厕所怎么能摔成这样，如果他上的是公厕，那也是不可能的，今晚上过公厕的两人已经去缉毒支队验尿去了。再说这样冷的冬夜，很多人都是在自己的屋后小解的。

“听口音，你是外地人。”

“我是游耕户。”

我看了看这所谓的游耕户，搭建的屋子虽然简陋，但占地似乎比一般村民的宅基地要大不少，而且屋子外的一圈还是空置的，他零星地种了一些蔬菜。

“这村子里的人厚待你呀。”

游耕户默不作声。

旁边一女人插上话："这地不是鸡爪子村的，是两公里开外的鸭脖村的。"

我瞅见周围的村民有几个互相递了个眼色。

"鸭脖村的地怎么会在鸡爪子村？"我追问下去。

村民们没有一个开口回答我。

"这是飞地，"周东篱蹲下去看了看菜园，捏了一把泥土，又重新站了起来，"只知道行政区域有飞地，没想到村与村之间也有飞地。"飞地，本是一种特殊的人文地理现象，指隶属于某一行政区管辖但不与本区毗连的土地，这里指鸭脖村的这块地，竟然是在鸡爪子村里。

一个本地人显然不愿意离群索居地住在外姓人村子的飞地里，因此也只有游耕户能在飞地上安家。这不，莫名其妙地，他们半夜三更还把这游耕户的屋子围了起来。

周东篱悄悄捏了一下我的手腕，轻声说："这里的土动过。"我瞥了一眼地下，沙土带着一种充满潮气的深颜色。

"这村子不简单哪。"眼看那些拿着铁锹的村民都往前迈了一步，我急中生智，立即开口，说罢，我挑了一个神色略微慌张的村干部观察着。

那村干部被我看得发怵，脸红耳赤地看向村长，"村长……"

"让村长都招了吧。"村民们开始窃窃私语。

突然一个村民抡起铁锹向我的位置一把挥过来，周东篱把我往后一推。

我看到我原先站过的位置被铁揪掀掉了上面的沙土，露出一团黑黑的东西。

是头发！是长长的女人头发！

我立即蹲下去，用手挖出了半张高度瘀血的人脸。她露出的一只睁大的眼睛已经被蒙上了沙土，张大的嘴巴塞着一只球。

“没想到你们竟敢把尸体藏起来，一个个看上去老实巴交的农民竟变成恶魔的帮凶！”

“把横死之人弄进村子，的确会慢慢坏了村子的风水，但是不给进村，就会立即坏了村里的风水，因为我们村里的三资集体经济正在招标啊！这不是飞地吗？是鸭脖村的，怎么还会坏了我们村的风水呢？”老村长跌坐在地上，老泪纵横。

周东篱和炸两望着我，我点了点头。对老村长的说法，我是深信不疑的。我也在网上事先查过，鸡爪子村这段时间的确是在招标。不知道你们有没有看过《维多利亚一号》，女主无论怎努力赚钱，也赶不上香港的楼市，所以她当上了连环杀手，让她喜欢的楼盘也崩盘，只有她喜欢的楼盘崩盘了，她才能买得上那里的房子。所以我明白老村长的苦心，一旦别人发现这村子发生了这么可怕的凶案，还会来投标吗？这村子的“风水”还会好吗？

“不管怎么说，你们就可以为了一己之私，让一个惨死的姑娘雪上加霜吗？”

村民们无话，周东篱留下了几个声称在第一现场搬运过尸体的人，让其他人都散了。

# 十

留下来的几个人向我们讲述了发现尸体时的情形，大抵跟许老太说的情况无异，周东篱也遣散了他们。由于尸体已经被多次污染，我也很难发现有价值的线索了。我让炸两搬起尸体，解开了尸体后脑勺的带子，费力地将尸体嘴里的口球拿了出来，合上了她的眼睛。用软毛刷子清理了表面的泥土，对尸表做了检查。

由于她的眼睛已经被尘土污染，没有太多的信息。鼻孔有小出血。我拉下了她的毛衣领子，发现她的脖子有绞沟。

“她是被人绞死的。甲状软骨下有绞沟，但绞沟浅且不明显，很可能是领带……不对，有这么窄的领带吗？”

“有，”炸两反应神速，“康斯坦丁戴的那种领带，英伦风。”他是个集“宅”与“浪”于一身的男人，漫画、高达如数家珍，各种放浪形骸的方式也知之甚详。

“杀人奸尸吗？”

“不是，如果是的话，还用口球干什么”，我一边托起女尸的手掌，“口球就是为了让她无法喊叫，而且所有的指头都被剪断了，创口没有裂开，是死后才剪的——”

“凶手恋手？”炸两插了句话。

“你见过恋手的就这样随便把指头剪掉带走的吗？”

“那倒没有。”

我继续看那些断指。“指骨断面呈斜坡状，这是钳剪的痕迹，手法是顿剪。指骨的断头斜坡有小阶梯，整个断面线条不连贯，证明钳切的过程中工具有停顿，说明持钳人握力不大，多次重复动作才能钳切完成，这也能够解释为什么会落下了一些组织碎屑在第一现场的夕颜花里。”

“为什么要剪掉受害人的指头呢？”

周东篱反问我：“你记不记得有一宗特大入室盗窃案，我们在现场附近找到了不少细心撕去香烟过滤嘴的烟头？你说是为了什么？”

“反侦查手段啊，不让我们提取到 DNA 罢了。”

“没错。”

“那么凶手的身上很可能是被抓伤了，那更是证明了是有侵犯行为在先，但到底有没有强奸，还待进一步检验。”

“这个穿法不好看啊。”炸两说。

“什么？”

“你们女孩子是不是都喜欢穿这种紧身裤子，把大腿小腿都勒得像火腿肠。”

“你不懂，这叫作打底裤。”

“这就对了，可她为什么要外穿呢？”

“我也不知道啊，但这几天夜里也就七八度，光穿毛衣和打底裤的话，着实有些冷。”

我们各自做了一些假设，但没有确凿的证据，谁也没有轻易开口，因为一旦固化了思维，很容易把自己带到歧路上去。

我让周东篱和炸两用防雨布遮挡了一下，检查了受害人的外阴部和大腿附近，均没有发现精斑。我帮她把打底裤拉回原位，取了两卷透明胶布，分别从紫色紧身毛衣腋下和打底裤的臀部位置提取了样本，这是最容易与外衣摩擦的地方——假如还有一件外衣存在的话。

从现场回来，虽然总算是找回尸体了，但案件并没有什么大的进展。

“我有一个问题一直想问。”周东篱摆弄着我放在桌面的罗盘问。

“那具尸体埋在飞地里，真的会破坏鸡爪子村的风水吗？”

“我怎么知道啊？我又不是风水师。”

“那你又能把村民唬得一愣一愣的？”

“拜托，别小觑人家了，我在省级期刊写过 40 多期心理专栏啊，一直写到那期刊倒闭。所以说，这点水平我还是有的。”

“你的意思是心理学家是低级风水师？”

“哈哈！那要看是哪一个层次的风水师了。我上次看一个招聘广告，某公司 300 万年薪招聘一个风水师，需要精通周易、数论、工程数学、高等数学、复变函数……相比这样的风水师，我这三脚猫功夫的心理学知识自然是低级的。”

## 十一

进行案件研判的时候发现，入冬以来，相邻几市也发生过多起相似的案件。死者均为年轻女性，死时衣着都与当时的气温不甚相应，有些手指被剪去，而嘴巴要么被封口胶封住了，要么塞了口球。

“是连环强奸杀人案？”周东篱说。

“看来这家伙对穿成像火腿肠的女人很感兴趣啊。”炸两故意拖长了最后几个字。

“小刘，你会不会这样穿？”

“我？你见我这样穿过吗？”我想起了什么，翻出那两卷透明胶布。我用指纹镜迎着光亮看，已经明显看到两卷胶布上都有藏蓝色的纤维。

“有一件藏蓝色的大衣，而那件大衣很可能是被凶手带走了，只是我不明白，凶手为啥要费那力气扒走她的一件大衣，还要带走？”

“假设是存在这件大衣，”周东篱分析道，“那么只有三种情形，一是那件大衣很贵重，但从那女人的经济情况看来，这大衣不会很贵重，她穿的鞋子已经磨到没有底纹，鞋跟的钉子已经暴露，而耳环也褪了色，一个经济条件很好的女人是不会允许这种情况发生的；二是如果那件外衣留下来就会泄露一切。”

“第三种情形呢？”

“两者皆有。”

“这不是自相矛盾吗？这大衣到底是贵重还是不贵重呢？”

“你有没有想过这件大衣本来就不是这个女人的？”

这时，技术中心的陈轩给了我们新线索：许老太身上的血迹、夕颜花里的人体组织，还有鸡爪子村女尸的组织同属一人，但是DNA库里没有对象。另外，在女尸的阴道分泌物里有硅油成分。

“硅油？洗下体还用护发素吗？”

“依依，”炸两伸手过来摸了一下我的额头，“我以为你懂挺多的啊，你是不是傻，硅油主要作用是润滑，除了护发素，目前大多数品牌的避孕套都是采用硅油作为润滑剂的。

“所以，即使我找不到精斑，但也真的是强奸？”

“先搞清楚尸源再一一捋顺吧，”周东篱提醒，“查查最近的失踪人口，跟死者的身高和推断出的年龄段比对一下，估计也差不离。”

失踪人口本就不多，加上几个条件，基本锁定了西潮工业园的女工杨芳。

“小刘，我们走一趟吧。”

“为什么又是我？”

“走访女性朋友，当然是有个女的在一旁，比较好说话。”

“可是平时走访男的，也是叫上我啊？”

“对啊，走访男的，有女的在旁，男人的警惕性不会这么高，”炸两替周东篱解释了，“要不小篱子你先歇着吧，我带依依去就行了。”

“你得看着她些。”

“这就不用说了，我比你上心。”

## 十二

江州市的西潮工业园，也位于桃江区的东南部，离发现尸体的鸡爪子村大约2.5公里。西潮工业园里面有不少国际大牌的代工厂。杨芳原先就在其中一家代工厂工作，这工厂实行三班倒。我们找到了与她同车间而且同宿舍的小焦。杨芳的失踪当初还是小焦报的案。“上个月的工资还没发，铺盖什么的都没收拾，她不可能凭空消失的。”小焦看到我们的到来，似乎已经预感到杨芳确实是出了事，她开始喃喃自语。

随后，她的眼圈迅速地泛红，艰难地向我们开了口：“杨……芳……她到底怎么了？”

“我们现在还不能证实，希望你能配合提供情况，让我们尽快查明真相。”

小焦低下了头，我看到她的泪水簌簌落在已经蒙了灰的白鞋上，“既然是姐妹，都这样了，有什么要问的，就只管问吧。”

“她平时的穿着风格是怎样的？”

“穿着风格？我们这些女工还能有什么穿着风格啊？”她抹了一把脸，抬起头一脸惘然。

“你做好心理准备，我给张现场照片你认一认。”

小焦的胸口起伏，仿佛在调整自己的呼吸，良久才说：“好吧。”

她接过照片的时候，手抖了一下，照片掉地上了。我俯身拾起，又交回给她。她看了很久说：“是她，我认得这件紫色毛衣。”

“她平日会这样单穿打底裤和毛衣外出吗？”

“怎么会？虽然我们经济条件不好，但哪个年轻女孩不想好好打扮自己？所以我们都爱上网逛些孤品店，那些网店里的衣服，又漂亮，又便宜，而且极少会跟别人撞衫。她当时是穿了大衣的。”

“是怎样的大衣呢？”

“一件挺复古的大衣，藏蓝底的，红格子款，”小焦说，“她说那件大衣会给她带来好运。当时我还是相信的，可是，现在看来这不是厄运吗？”

“我记得她还发了条朋友圈，我还点了赞，我找找看。”她翻出手机划动朋友圈，过了一会儿，她带着难以置信的表情望着我们：“不见了，她删了。”

这时，周东篱来电：“北郊公园凉亭，有案子，赶紧过来。”

我们匆匆赶到北郊公园。因为近年市中心都转移到中部和东部了，所以桃江区的北郊公园实际上是一个比较荒凉的公园，本地的年轻人一般都不到那个公园里去了，但还是有一些早恋的学生和想打野食的人会去的。一些众所周知的事情，我也不想说得太细了，反正听周东篱说，这尸体是被一对小情侣发现的。

凉亭里的女尸穿着驼色的毛衣和黑色的包臀裙。她倒伏在地上，两只手不自然地向后，像是有人顺着她的关节，脱了她的外衣一样。我把她翻过来，发现她左胸受了几处刺创，但根据亭子里的血痕，她被刺后倒地之前，还活动了一小段时间，很可能是心包积血引起循环衰竭而死。我在受害人左胸的血迹处提取到了较多的藏蓝色纤维。

“那件大衣应该染上了血迹。”

“我已经布控了干洗店，这件大衣意义重大，藏蓝色大衣染血，不知情的人也察觉不到是血迹，所以凶手肯定是会拿到干洗店洗的。”

周东篱从她的裙子口袋里摸出了一台手机，“肯定是出现了意外情况，来不及搜走她的手机，也没有来得及剪掉手指。”他逐个尝试女尸的手指指纹，成功将手机解锁了。

如果一个女人穿上漂亮衣服，她十之八九会自拍了照片放在手机里，即使不发在朋友圈，但手机里肯定也是有的。曾听说过，对一个女人最严酷的惩罚是：让她换上漂亮的衣服，然后将她关在一间没有镜子的屋子里。但是如今手机方便的自拍功能显然解决了这个问题，女人只有要手机，就相当于可以随时随刻照镜子了，还可以用各种软件磨皮修图美化自己。

“你看，”周东篱把手机给我看，“藏蓝底红格子大衣。”由于自拍的角度问题，看不清大衣的全貌和款式，但是细节还是能分辨的。

由于她的手指都被掰开试了指纹，这时我们还发现她手里攥着一张揉皱的印刷字条：“恭喜你租到罗曼蒂克的爱情。”

“见鬼。”我说。

两个小时之后我们收到某干洗店的反馈，说有一件加急干洗的藏蓝色红格子羊绒大衣在半小时之前已经被取走。

“为什么当时不告诉我们？”

店家回复道：“因为年底生意好，来不及入单，也就没注意。”

## 十三

如果在江州市周边都发生了这样的案子，都与这件复古款的大衣相关，那么肯定有一个联结点。这个联结点到底是什么呢？

“复古大衣……古着！你有没有听说过古着？”

“听着名字就邪乎，就是二手衣服是吧？”周东篱不以为然。

“没文化！古着是二手衣服，甚至三手、四手衣服，但是二手衣服不一定算古着。你以为那些烂大街的二手衣服卖得出去吗？”

“网上不是说，很多从死人身上扒下来的然后分类拿去卖的衣服，美其名曰‘孤品’？”周东篱继续怼我，“在这个案子里头，不就是死人衣服又被扒去卖了？”

“我不跟你说。”我找来了笔记本，上了外网，我以“古着”“vintage”“孤品”“藏蓝红格子”等为关键词，逐一组合搭配，在几大购物网站上搜索。

突然真的有一件藏蓝底的红格子羊绒大衣进入了我的视线。这个店就在江州市旁边的珠河市。我点击进去看，比图片更动人心魄的竟然是这件大衣的文案：

这件大衣叫“楚楚”，对，“楚楚动人”的“楚楚”，也是“衣冠楚楚”的“楚楚”。

还单着呢？衣冠楚楚的你会招致楚楚动人的伴侣。

镇店之宝，只租不卖。

让每一个热爱生活的单身女子找到美好归宿的桃花战袍。

你可以在这里租走一个非凡的命运。

当你穿着它徜徉在月光下，曼舞在舞池旁，很快，你就能踮脚吻住一个你想要的男人。

象征性地收取租金1元。

后面跟了不少帖子，我注意到一个昵称叫芳子的人，她由衷地表示这件大衣的确给她带来了好运，她遇上了满意的男人。难道是杨芳？只是这个“只租不卖”也是有门槛的，描述里提到，有意向租借此大衣的人必须将能够清楚反映出自己样貌身材的照片发给店家，而且必须本人签收大衣，否则这一切都不会灵验。

“你们说我行吗？我去花 1 块钱租这个。”

“别说笑了，人家不会租给你，你没注意吗，这几个受害人都是胸大腰细的。”炸两笑话道。

“我认识个姑娘跟你长得挺像，我让她拍照片过来。”周东篱打量了我一下，漫不经心地说。

没过多久，他就收到了一个肤白胸大腰细的姑娘的多张爆乳装。

“小篱子，没想到你藏了这么多姑娘。什么时候认识的？”

“这个？小青啊，你不认识吗？”

炸两定睛一看，脸也莫名的一红。

“你们还加人家微信？”

“有用啊。”

“有什么用？”

“这不是用上了吗？把照片拿去发给店家，等他送这件改变命运的大衣过来。”

“那姑娘的地址呢？”

“什么地址？你就是这个姑娘，留你的地址。”

“这个姑娘就是小青，而你就是三围数据低配版的小青。”炸两解释道。

“去你的。”

把小青的照片发过去，店家果然很快给了我回复。

“楚楚选上你了，你去拍下 1 元的链接就行了。”

“这 1 元给不给我报销啊？”我转过脸问。

“啪”，一个硬币扔到我的桌面，妥妥的 1 元。

## 十四

当天夜里，我在家接到了一个陌生电话，说是快递。

我最近都没购物，除了租借的那件“楚楚”。我怕我一旦拒绝了就会打草惊蛇，于是我装出雀跃的声音：“这么快就到了，我下来取。”我裹了一件厚厚的大衣，遮掩了身材，应该与小青没多大差别了。

夜深了，小区里行人不多。一个面目清秀、衣着考究的男人站在我跟前，他穿着长款的大衣，系着一根窄窄的领带——是炸两提起过的就像康斯坦丁的英伦风领带。就是这根领带将一个本来无比鲜活的向往爱情的女子活活地绞死了吗？我意识到自己看得可能太久了，当即反应过来，冲他甜甜一笑，他也牢牢地对上了我的目光。他的目光仿佛一只颀长而温柔的手，触及之处皮肤都有些发烫，如果不是与案子相关，我可能会怦然心动。

“我可不可以验货？这件衣服挺贵。”听到我提出这样的要求，他露出了一丝不易察觉的微笑。他当即拿出一支签字笔熟练地戳破了快递盒子的封口胶布，“验吧。”

首先进入我眼帘的并不是那件衣服，而是那张字条，我大声念了出来：“‘恭喜你租到罗曼蒂克的爱情！’好浪漫！”

我调整了自己的呼吸，尽量控制手指的颤抖，胡乱签了个名，拿了快递盒子就走。我知道这不是快递，而是伴装成快递的样子，因为这个快递单里面每一联都在，也就是说并没有抽走发货人那一联。我若无其事地走了几步，庆幸他没有跟上来。

突然我的脖子被扼住了，我正要喊叫，嘴里却被塞进了一个东西，然后被带子牢牢固定在后脑勺。我除了发出极其低微的嗯嗯声，什么也办不到。他折了我的双手到背后，用胶带绑了我的拇指，把我拖进了楼梯间。

“我对你还不错，我会给你留个全尸的，今天就不剪手指了，乖。”他还摸了一下我的头发，我恍然觉得周东篱就在身旁。

因为我住的公寓是电梯楼，每层楼梯都有防火门，基本不会有人走动，我那么微弱的声音也不可能传得出去。

“贱货！”他突然狠狠地甩了我一巴掌，“谁是周警官？”

“哦，你不能回答我。下次不要这么笨了，给罪犯发性感照片的时候，不要打上‘TO 周警官’的水印了。还是说本来你就用那张照片勾引过某位‘周警官’，只是顺便发来租衣服呢？不管怎样，我都会觉得这是很有恶意的。应该也不会有下次了。”

他撕开了我的大衣。

“你跟照片的样子好像有点货不对板吧。特别是这个地方。”他按了按我的胸部。

屈辱的泪水在我脸上蜿蜒，就像蝼蚁的噬咬。他从我身上搜到了我的手机，把手机关掉了。

“怎么手机的锁屏画面好像是你啊？你穿的是什么制服啊？警服上面套白大褂？你是警察，还是医生？”

多年前，我刚拿到制服，欣喜若狂，就穿着拍了张照片，虽然更换了多次手机，但一直用来做锁屏画面。我痛悔自己居然把自己的身份暴露了，谁想到有些变态竟然最爱这一口。

他扯下了我的裤子，扑到了我的身上……我已经不敢去想将要发生什么……

突然一声巨响和一束巨大的亮光打破了楼道的黑暗。压在我身上的人被掀翻了，我循着光亮依靠双腿挪动到角落里，泪流满面。有人解开了我束缚在背后的手，也解开了系在我后脑勺的皮带，给我盖了一件衣服。我把口球扔掉，揉揉发僵的下颌，扭头看清楚了，来了一大群警察，其中有周东篱和炸两。我在那件衣服底下把自己的衣物整理好，跌跌撞撞地回了家。

## 十五

真是被狗哔了。我去厨房拿了钢丝球，又抱了一瓶红酒，进了浴室。

我开了巨大的淋浴莲蓬头，坐在浴室的地面，冰凉的地砖紧紧贴着我的体肤，就像那个禽兽的触感。我猛灌了自己一瓶红酒，我要让身子赶紧热起来。其实我酒量很差，曾经六个人一起喝两瓶啤酒，我都被抬回家的经历，然后第二天整个背脊都沉满了红斑。

身体干不干净，细胞终会代谢，但是记忆总是在那里。我哭了，如果老柯还在，那多好啊。他一定有法子帮我重置我的记忆，让我尽快好起来。

我什么都可以说，我什么都能说，可是现在，我只能拿这个可怕的东西，在我身上擦出一道道的血痕。

我不知道洗了多久，然后门铃响了。我裹上了浴巾，头发还滴着水，站在门前。门外的人说："刘依依，手机还要不要？"

我就把门开了，门前的是周东篱，他问："你身上怎么了？满身都是些什么啊？"门在他身后关上。他扯开了我的浴巾，我躲进了他的怀里泣不成声。

那个夜晚，我躺在客厅的地板上，越过他的肩膀，我看着天花板上的灯，越来越明亮，仿佛他就像一支澄清剂，把我重新变得干干净净。

我是被手机吵醒的，摸着还有些疼痛的脑袋，正想着不能吵醒身旁的周东篱，却看见手机上一直提示的竟是"周队"，他给我打电话了吗？我立即转过身来看身边的人，他，竟不是周东篱。我挂掉了电话，发了一句："我不舒服，我请假。"立即关了机。重新钻进了被窝里。后来那个男人起身吻了我额头一下说："早上好，我去上班了，你不起来吗？让我看看你的牙齿，智齿还痛吗？"

我只是"嗯"了一句，他伸手捏住我的下巴看了看："看上去没肿，我给你配了药，放在桌面上，要按时吃。""医生给我开了药的。"他强硬地说:“你不是说医生开的药吃了胃很痛?不许再吃医生开的药了知道吗?”其实我一直因为胃痛私自停了医生的药,所以左下的智齿才持续发炎了将近一个月。我乖乖地点了下头,用被子蒙住了脸,此刻,我不想面对周东篱,也不想面对他,我该如何是好。他走了之后,我又开了手机,给周东篱发了一个信息:“鸡爪子村村头榕树上,还挂着我的飞行器,行行好,去找人帮我取下来吧。”

他言简意赅地回了一个“好”字。过了一刻钟,又发来了一句:“是我疏忽了,没注意到发出的照片上有水印,我欠你的。”他欠我的仅仅是因为没发现小青发给他的照片上有水印吗?如果两个人之间能够用具体的事件来清算我欠你的,还是你欠我的,这感情还有何意思?我从来不知道他竟是这样看待我们的感情,但是,就像我处理很多事情一样,明知道是错的,却不能独善其身,甚至是偏向虎山行。

周东篱,请问你懂人间疾苦吗?

## 十六

20 年前,珠河市的一条繁华的长街,一对相依为命的母子住在临街店铺的楼上。母亲是裁缝,租了一个小小的铺面做成衣小生意。

她温柔美丽,吸引了不少人来照顾她的生意,当然这些人当中,更多的是男人。每次她在帮那些男人量体裁衣的时候,他不合时宜的闯入总会遭到母亲的呵斥:“惊鸿,回到楼上好好待着,不要到楼下来。”

他有时候会见到一个常来的男人 J 先生把手探进母亲的衣服里,

母亲也没有过多的阻挠，媚笑着承受了。后来他再长大了一些，对这些事情也有了朦胧的了解，于是他与母亲逐渐有了隔阂。

“你就是一个贪慕虚荣的坏妈妈！”他这样指责自己的母亲。

母亲没有辩解，当她没有更好的出路，她还能辩解什么？因此她依旧默默地做着自己的生意。有一回J先生给母亲带回了一件大衣，藏蓝的底，就像海洋里最深的颜色，却有着火红的格子，那是属于罂粟的浓烈。这是隐忍的男人和最妖冶的女人交织在一起的颜色。他亲眼见证了母亲对这件大衣的喜欢程度，每次她都轻轻地关上门，珍视地将这件大衣脱下来放在一旁，然后才与J先生纠缠在一起。

就连那年腊月，母亲出事的那一天，这件大衣也依旧安安静静、平平整整地躺在一旁，清清冷冷地守着母亲的尸体。母亲是被J先生杀害的，据说是因为J先生发现母亲有多个情夫，因妒生恨。但对小惊鸿来说，怎样的母亲都是自己的母亲啊，他抱着那件大衣赤脚走到寒冬的长街上，他一直问着路自己走到孤儿院，并在那里待到了16岁。

他和母亲一样珍视这件大衣，因为这就是母亲用性命换来的一件大衣。他在最寒冷的日子里都没有舍得把这件大衣披在自己的身上，因为他生怕弄脏了它。

“有一天，我会找来一些像母亲一样美丽的女人穿上这件大衣，然后让她们又恭恭敬敬地脱下来和我做爱。”

像他这样出身的孩子，从来不怕苦不怕累，更不会信邪，他摸着个门道，依靠在殡仪馆收了死人衣服，清洁干净再卖出去，他在30岁的时候摇身一变成了一家古着网店的老板。他堂而皇之地将母亲的大衣挂在店里“租借”，那件藏蓝底红格子的大衣俨然成了镇店之宝。

这件大衣真的是最温柔的陷阱。

颜色别致，它能吸引到跟母亲一样有着独特品味的女孩子。

尺码严苛，它能吸引到跟母亲一样身材玲珑的女孩子。

他心潮涌动地等待到衣服被租借出去的第一个冬天。

他见到了那个穿着他母亲大衣的女孩子，感觉到自己全身满满的荷尔蒙都要倾泻。他压抑着勃发的春情，赞美女孩子，与她约会，诱导她讲大衣的故事，让她在网上分享经历，然后神不知鬼不觉地在与女孩子上床之后杀了她，又干干净净地置身事外，这一切他都做得游刃有余。

这件大衣承载了几个女孩子的青春之后，神秘的经历招致了更多的倾慕者。

有人说古着之所以珍贵，是因为买走了一个人的过去。

很可能，古着之所以珍贵，还是因为买走了一个人的命运。

他从那些女孩子身上，看到了自己母亲的样子，所以他沉溺其中，一次又一次地出手。

听说，他遇上我的那个夜晚，他觉得他会很快杀了我，然后回头捡回掉在门外的装着大衣的盒子。没想到在他束缚了我的双手之前，我已经偷偷在衣袋里一键拨通了周东篱的电话，我大声念出那句“恭喜你租到罗曼蒂克的爱情”，就是向周东篱发出了求救信号。

他突然之间被捕，还是念念不忘那件大衣，在被警察扭送之时依旧频频望向那个装着大衣的盒子：“藏蓝的底，就像海洋里最深的颜色，却有着火红的格子，那是属于罂粟的浓烈……”这句话最初是他母亲对这件大衣的解读，他自然是不会知道，医书上写着有些精液是罂粟碱味的，但他显然也是将这件大衣与性联系在一起了，有些“天赋”，既然说是“天赋”，就是与生俱来的吧。

# 黑 雨 伞

— 入骨相思 —

散落桥头、路口的黑雨伞是万万动不得的。

即使大雨倾盆，又或是烈日当空，你都不可取用。

否则，你不知道自己将会遇见什么。

# 一

有人说，那些散落桥头、路口的黑雨伞可是万万动不得的，即使大雨倾盆，又或是烈日当空，你都不可取用，因为，每一把黑雨伞下都藏着一个不能说的秘密，甚至会藏着——哦，你不会希望我真的把那个字说出来的。

一个无雨的黑夜，一个普通得难以发现特征的男人，撑着一把黑雨伞，悄无声息地走进了工地。他还主动向工地值夜的老伯点了点头，就像平日来巡视工地的工头一样。可是，这一天并没有工人加班。当老伯恍然醒悟，跟了过去，只发现钻桩区立了一把黑雨伞，而那个撑伞的男人，却早已不见了踪影。

不祥之事从第二天开始出现。

“汤总，工地出事了！出大事了！”乾隆地产四楼的一个办公室闯入了一个汗涔涔的男人。

“老章！大清早的，慌慌张张干吗？出啥事啦？”

“死……死了人！”

汤总双手支着面前的桌子站了起来，面孔瞬间涨成了猪肝色，他走了两步又回去，从桌面抓了一颗药咽了下去。在赶去工地的路上，他一路反复念叨着：“不可能……”

两个月之前，江州市最大的地产公司乾隆地产“御宅”第三期项目开始动工，地点位于桃花江江畔，与风情酒吧街隔江相望。

“今择丙申年乙未月戊戌日之吉时，幸得上天太乙真人当值，在此拜祭天地，祈求天地神人，和睦相处！”当时主祭的就是乾隆地产的汤总，他迷信风水，因为“御宅”第一期动工的时候，乾隆地产只是江州市众多名不见经传的地产公司里的一个，他深信是因为自己挑对了日子，所以一切顺风顺水，乾隆地产在短短几年里一跃成为了江州市乃至邻近几个地市的明星企业。第二期项目正式开卖不到三个月就售罄，为了趁热打铁，这第三期项目也就赶紧上马了。

谁知道3月16日，动工才刚满半年，这个择了吉日开工的项目还是出了事。

## 二

在“那件事”之后，我隔天还是硬着头皮去上班了。从心所欲不逾矩，说的是70岁的人，而不应该是我，我要原谅自己。

飞行器一尘不染被人放回我的桌面上，静静地候着我。据周东篱说，是鸡爪子村里一个爬树高手蹿到树梢上给我取下来的，由于树很高，又长得枝繁叶茂，一个人很难在树上找对位置，所以当时还动员了一堆村民在树下帮着指点方向，才得以寻着这飞行器，其中在树下帮忙的村民里，又要数那村长最为积极。

“他们没有问这是怎么挂上去的？”

“没有，只管千恩万谢，特别是村长，说差点就铸成大错了。”

“已经铸成大错了，”我依旧嘴上不饶人，我不能让周东篱窥破端倪，“只是你把事情圆了，没让他们摊上大事。”

周东篱没接这茬儿。

“你，没事吧？”他可能酝酿了好一阵该怎么开口，但还是采取了最直截了当的方式。

“我有什么事啊？你不介意我提下神吧？”我掏出了手机和耳机。

“没事就好，你自便。”

我戴上耳机，连上枪战游戏开始 1 vs 1 对战，一局之后，我便悄悄把游戏关了，我哪里有心思打游戏？其实这只是为了迅速结束谈话而不尴尬罢了，我不想他继续拷问下去了，生怕自己招架不住。

公安局与彩田姐姐的创作室只是一条公路之隔。午饭之后，我把彩田姐姐叫了出来散步。名义上是散步，实际上我请她给我分析“阿尔法男”的几种类型，说白了，我就是问她，对于某人，我是不是该放弃了。

“别怕，别太把某个人当回事了。也许，这就是你的逆袭之路。”她若有所思地看着人行道上的地砖，我以为她说的就是我们走的这条路本身。

“别忘了，这也是去火葬场的路。”我的心依旧在拧紧。

“对对对。”彩田姐姐点点头，点燃了一根爱喜，我瞥了一眼，这是个带着明显女性特色的香烟牌子，每隔上一小段时间就要换包装，这次还贴了一张“吸烟有害健康”的告示，占去了包装的三分之一，就像一块奇特的疮疤。

这时，一辆奏着丧乐的中巴从路上经过，一眼望去，里面都是穿素的人，白色的纸钱从车窗里飘落下来，有几张还像活物一样淘气地穿过铁栅栏，进了公安局的大院。

“哎呀，都飘进去了，会不会晦气？”

“谁能想到你们这些跟死人打交道的人，竟这样迷信？倒是我们这些普通老百姓根本就不介意这个。”她跑了几步，我想阻止也来不及了，她从空中捞了一张纸钱下来，狠狠吸了一口香烟把它点着了，又把它扔在地上，看着它犹如一朵在时间镜头里的花快速地枯萎。

“纵使世间有鬼，我却窥不破生死，还能出什么作品，我不怕。”

她不怕，可是我怕了。因为我的手机突然响了起来，这分明是冲着我来了。

“还真是晦气！我走了，有案子。”

## 三

我们到了工地不久，120 的救护车，还有一些穿着各式各样制服的人也陆续到了，听说有住建的，有安监的，还有技监的……

“我是乾隆地产的总经理汤红球，出了这种事情，也只有劳烦各位了。”一个满面红光的男人一边气喘吁吁地解释，一边抬手插进油光可鉴的头发里，在后脑部位揉了揉，他的眉头也皱了一下，仿佛在忍受着某种痛苦。

他又环视我们道：“我一定积极协调各方，让定性结果尽快出来。”他的语调之中隐隐透露出一种与其身份不符的真诚，就像在某个MBA速成班学回来的危机公关。

见到其他部门的人都在忙活，我小声跟周东篱说：“我们来晚了？”

他看了一下手机说：“不是。”

汤总退到了一边，不停地打电话。我隐隐约约听见他说：“是是是，都在现场……等您吩咐。”

先是安监的人说：“从现场看不存在安全隐患，我们回去开会研究之后再出函给你们吧。”随后另外的几帮人相继也表示了相同的看法，跟汤总的人打过招呼就走了。

“差不多清场了，我们也去看一下。”周东篱正说着，他的手机响了。

是许局的电话：“你们，回来！”

“可是许局……”

“可是什么，你以为我容易？行了，都给我回来。”

“许局来电话了？怎么简支不打，直接就是许局打来了。”我嘟囔了一句。周东篱没有回答我，走了两步，还回头张望了一下。我顺着他的视线方向，也发现了一点不同寻常的东西。

“炸两，我们走。”我把炸两从聊得热乎的一个姑娘旁边扯开。

我们走的时候，看到汤总的人一边给一些拿着摄像机的人鞠躬，一边说："到时候我们会开记者招待会，把情况公布的，现在还暂时不能谈什么，见谅。"

"现在的媒体龙蛇混杂，特别是自媒体，什么都敢写，老板们都怕了他们。"

## 四

回程的路上，我问炸两："刚才那姑娘是谁？"

"哪个姑娘？"

我翻了个大白眼："我瞎吗我，戴着鸭舌帽、背着双肩包的那个麻花辫姑娘。"

"施工班组班头的女儿，她说她爸刚好不在，就出了这么个事儿，担心她爸要赔很多钱。"

"这种话你也信？"

炸两岔开了话题："我刚才是在收集情报，跟外围的人都谈了一下，他们说是工地邪了，让警察来一趟，带点皇气过来，就可以驱邪。"

"胡说八道，带点皇气的是1997年以前的皇家香港警察，没文化真可怕！至于驱邪？保证不管用。"我嗤之以鼻道。

"瞧你这乌鸦嘴，管他有文化没文化，没事就好！"

"呸呸呸！我们这一身正气，肯定比那什么皇气管用得多！"

时间过了两天。

"一点动静都没有，"我突然冒出这么一句，"果真财大气粗。"

两天来，虽然我们严阵以待，不过市政府门前清清静静的，一片和谐。

“没动静也好，不光是给我们，也给治安支队的弟兄省了好多事。”

这时我的手机响了，显示着一个让人心悸的电话号码。我一直想要躲避的人，最终还是找上门来了，但觉得还是说清楚为好，所以我走到办公室门外，把手机接了。

“依依，晚上见个面吧，我想你。”

“还是不要见了。”

“为什么？”

为了免除后患，我说出了一句很多女人说不出口的话：“逢场作戏而已，你怎么就当真了？还有，我对你的表现并不满意。”

他没有再言语，手机结束了通话。事实上，我根本不记得那天晚上事情是怎样开始和结束的，哪里知道满意不满意，但是我的目的达到了，扪心自问，我也不是不喜欢他，只是我暂时不想见他。

我扭头一看，周东篱正站在我背后，他用一种审度一个不可救药的女人的眼神凝视我：“我并不想干涉你的私生活，但希望你不是在破坏我们的团队。”

我听出了言外之意：“哦，你放心，不是炸两。”

他点点头说：“我知道，炸两的口味应该不是这样的。”

“说我什么呢？”炸两也适时出现，我们没有再说话，各自散了。

我翻开衣领扯出了一根红绳，握紧了那颗曾经贯穿一颗鲜活心脏的坠子。老柯走了以后，我生命里走进了一个人，我一直讳言，哪怕是独自面对自己。就像我与老柯的关系，即使曾是那么纯粹的医生和病人，即使他当时还没出事，我都不愿跟人提及。事无不可对人言？我办不到。

我再也没有为自己找心理医生，因为，作为一名心理医生，始终会遵守职业操守，与自己的病人保持距离，而我想得到的却不仅是那种关系，我知道自己是在玩火——从我身心健康的层面上来说。我不是要刻意跟扮演我的心理医生的那个人发生些什么，只是当我需要发生些什么的时候，他要不会拒绝，要让一切水到渠成。沈渊就是这样的人。他成熟，内敛，绅士，克制，他善于倾听，学识又如名字一样渊博，他是吸引了我的，但是他不热情，甚至很被动。也许跟他上一次失败的婚姻有关。

我问了一下自己：他是不是备胎？

答案：是。只是我对备胎的看法跟一般的女人不一样。在我眼里备胎永远就是备胎，绝不可能有转正的那一天，不是我不同意，而是另外三条轮胎不同意。因为其他三条轮胎与那条偶尔爆胎了的轮胎才是具有共同经历，有着共同磨损程度的组合，只要将爆胎的轮胎补回，我还是会用原来的轮胎，让备胎回归后备箱。

对我来说，备胎不是一种后路，而是一种偶然性应急。这很偶然，但是很重要，是一个不可或缺的存在。我甚至早就把自己的门卡和钥匙配了一份给他，因此他当时很可能是拿着那个门卡佐证，让我的同事把我的手机带上来，他再送给我。我没有细究，因为他即使有门卡和钥匙，也没有随便用过，每次都是要我开门，他很君子，不是吗？

那天晚上，其实我就是需要一个轮胎，哪怕是一个备胎，把我的生命扳回正轨。只是，他会怪我吗?

## 五

表面上风平浪静，实际上恶涛暗涌，这就是乾隆地产这两天来的情况。

汤总忙得焦头烂额，安排召开股东大会，除了乾隆地产的高层，劳务公司、施工班组的各方代表都来了。

个个脸色都不好看，汤总更是完全没有 MBA 速成班教给他的应对危机的表情。

汤总拉长了脸开门见山，“这事得赶快平了，上头若怪罪下来，以后也别谈什么合作了。”

汤总说罢盯着劳务公司的代表，代表躲开了目光，死死地盯着施工班组的班头，班头低下头盯着自己面前的桌子，涨红了脸，半天憋出了一句:“老实讲，我赔不起……”

劳务公司的代表立即打断了他的话:“你赔不起，意思是叫我赔了? 当初合同是怎么签的? 乙方承担一切安全责任! ”

班头嗫嚅道:“我不是说不想赔，是赔不起，一条人命……我们都知道最少得这个数。”他颤颤巍巍地伸出了一个指头。大家都没吭声，因为这根指头背后的单位是“百万”。

汤总听了班头的话，又盯住了劳务公司的代表，那代表跟汤总苦笑道：“我能有什么办法？”代表又向班头质问：“只收了你几千块钱挂靠费，现在要我掏个 100 万，以后你也别想接活干了！”

“别吵了！都没钱是吧？那就是要我们赔了？”汤总非常郁闷，因为乾隆地产既是开发商又是承建商，一般情况下班头跟劳务公司没钱也不要紧，还能往承建商身上压一压，这次倒好了，得乾隆地产自掏腰包了。

班头哭丧着脸说：“我尽量凑个数。”

汤总继而恶狠狠地盯着劳务公司的代表，“你也得有所表示！两天之内，把钱都赔出来，不够的，我们先垫着。”

大家都没有异议，散会了。汤总依旧怒不可遏地回到办公室，“一帮兔崽子，都想空手套白狼，把项目给了他们，到头来还得我们来自掏腰包。”

“汤总，您消消气，”项目经理觍着脸说，“该赔还是得赔，万一死者家属拉上三姑六婆闹去市政府门口，把事情闹大了更麻烦。”

“说得也是。”汤总点了点头。

在汤总恩威并施的监督赔偿下，事情处理得很好，死者家属接受了安抚，并没有发生群体性事件。

## 六

我睡得很早，门禁对讲机响了。我以为是哪个醉鬼按错了，响了半天，我愣是不肯起床去开。接着我的手机响了——警察的手机要 24

小时开机。

我糊里糊涂地把手机接了，一句话也没说。

一个声音说："查岗。"

"查什么岗？"

对方镇静地说："就是想看看你跟谁睡。"

"神经病。"

我正要挂掉，他又说："换个便装，出去走走吧，我就在你楼下。"这时，我才听出是周东篱的声音，我一下子睡意全消，从床上坐了起来。

"都几点了，大哥？"

"有这么早睡吗？才 10 点半，正能赶上子时。"

我跟在周东篱身后，曾经觉得这个男人只是一步之遥，现在又犹犹豫豫地想起沈渊，也是浑身不对劲儿。

周东篱的所谓走走，是将车子开到了一家昼夜营业的网咖前。

"你不会吧？现在找我组队打啥？"

他熄了火，开了车窗，用手指了指西北方向。我才恍然发觉，那里正是"御宅"的第三期项目工地。

"我们在这里做什么？"

"等。"他说。

我从抽屉里找出了张碟子放了进去。找到了《Sugar》播单曲循环："削个，椰子皮，你却给个梨……"

"什么鬼。"周东篱嘟囔了一句，就与我坐在黑暗里不再说话。

午夜 12 点半，我听到了隐隐约约的丁丁零零声音。我跟周东篱对望了一眼，他显然也听到了。这是做法事的声音。

“你怎么知道？”

“嘘！”周东篱做了个噤声的手势。一个身穿道袍的人口中念念有词，他一手拿着法杖，一手拿着法铃，另一个男人拿着合起来的黑雨伞尾随着他，由四个擎着火把的男人簇拥着走向了不远处的桥，约莫一根烟的工夫，这六个男人原路返回，手中的伞已经不见。周东篱发动车子绕到桥的另一边去，赫然见到那把黑雨伞。他问我：“你知道这个仪式吗？”

“这个仪式叫‘遣送’，民间传说是‘遣送’一些鬼魂，用一把黑雨伞把鬼魂移过来，移过去。”

他点点头，“‘遣送’多选在子时和寅时，所以只能提早来等了，运气不错，子时就把事情办完了。”

他又补充说：“我查过吉时。”

我无比惊讶，“我以为你不相信这些。”

“我是不相信，但如果案情附着在这个思路上面，我肯定要去了解这些。”

我想起那天，我们在工地里被拦住时，他张望的正是在钻桩区的工作面悬挂着的一把黑雨伞。

“你大半夜把我叫醒来这里就是为了看这个仪式？”

“我一直不放心，但如果做了这个‘遣送’，就说明这个黑雨伞并不是那个汤总故意用来吓唬工人的，是另有缘由。”

“也许真的只是个意外。”

## 七

第二天上班的时候，我才一出电梯口，就听到支队办公室里有人来访（隔音措施不好），我故意放慢了脚步，也放轻了脚步。

“你们工地那事已经定性为意外事件，这都解决了，你说的那些事，如果是真的，我们警察也是管不了的哇。”

“求求你了！”那人苦苦地哀求着。

但是主任大姐不为所动，一声不吭。前辈们曾经教过，办不到的事情，千万别轻易许诺，这是对群众负责，也是对自己的信誉负责，所以，我疑心那人对主任大姐说的是灵异事件。

我很小心地经过支队办公室，结果主任在里面喊：“刘依依！把这位大叔带过去做好解释工作。”

原来，我的脚步声还是出卖了我。一个法医当侦查、当内勤不算，这回还要当调解了。

主任已经将大叔送到了门口：“这位是小刘警官，她之前去过你们工地，她对那里的情况绝对比我熟悉。”

于是，大叔的事情就被摊派到我这里了。

“主任，写材料呢？我把他带到我们那里去，不影响您。”

“好好好。”

我这才注意到大叔面如死灰，一双眼睛焦虑得失了神，可干涸的嘴唇却让他不时抿紧了舔一下，已经裂出了血口。我让那位大叔坐到了我的座位上，去给他接了杯热水，让他慢慢说。

“太可怕了！”他接过水却说了这么一句，杯子里的水频频泛起波纹，他低头喝了一口，放下了杯子。

“小刘警官，我叫蔡晨，那天……”他深深吸了一口气说，“我是知道他是怎么个死法的。”

## 八

3 月 16 日，蔡晨与老何同上一个班，与他们同一班的还有两人，当天他们的主要任务是浇筑混凝土。当他们穿过薄薄的晨曦来到钻桩区的时候，田螺车已经就位，他们几乎同时发现了立在田螺车旁的黑雨伞。

蔡晨是本地人，所以他先是一怔。而老何是外地人，他显然不明白一把突然出现的黑雨伞意味着什么，随手就把黑雨伞拿了起来。

“别，老何，快放回原位！”

“凭什么啊？”

“你这样会出事的！”

老何听到这话就不高兴了，把手中的黑雨伞重新立在工地上说：“就这破伞，老子就是动了它，又能出什么事？”

“要是我出了事，回头肯定得拉上你！”老何随即又笑嘻嘻地拍了一下蔡晨的肩膀。

蔡晨听了这句话，毫无来由地不寒而栗。

“别愣着了，人都齐了，干活吧！”见年纪相对来说小一点的小张和小磊也赶到了，老何又提醒了一下还在发怔的蔡晨。

“蔡哥，给，频道我都调好了。”小张把一台对讲机扔给了蔡晨。

蔡晨拿着沙沙作响的对讲机走到泵送机那里，问：“准备好了吗？”

小张的声音：“可以，开吧！”

蔡晨打开泵送机之后，也跟混凝土搅拌车司机打了个招呼：“兄弟，下料了！”机器的运转声给了他一种熨帖的感觉，这种情形在很多人身上都有，只有工作了才不会感到焦虑，他沉浸在这种情绪之中。

泵送机离混凝土的作业面有几十米远，混凝土通过钢管输送，在最后一段距离有约 3 米长的软管，由小张和小磊负责扶着，而老何则负责将振动棒插入混凝土，进行逐点振捣。

事情发生得很突然，老何突然松掉了振动棒，掉进了作业面，掉进去的时候，还绊倒了电线，黑雨伞嗒嗒嗒地被钩过来了，掉在工作面之间悠悠地晃荡着。

小张这才回过神来，“不好了！快关掉机器！快关掉机器！立刻！”

蔡晨意识到发生了不好的事情，立即关掉了泵送机，朝作业面跑了过去，他一眼看到了那半吊着的黑雨伞，啪地打开了。他又一激灵。

小张和小磊早已将软管扔在一旁，钢管里残留输送的混凝土流了一地。

“老何……在里面！”小张结结巴巴地指了指作业面。蔡晨看过去，混凝土作业面上隐约还能见到老何倒伏的背影，突然一些血像颜料一样涌了上来。

“我去拿梯子。”蔡晨使劲地推了一旁呆如木鸡的小磊一把，小磊才回过神来。

“梯子不管用，拿安全绳来！两根！”蔡晨跑去把振动器的电源拔了。

井有 20 多米深，蔡晨把一根安全绳拴在自己身上，沿着钢筋笼子爬了下去。他爬到离老何最近的位置，费了半天工夫才把老何够着，然后用另一根安全绳拴住了他。

“把他拉上去，快！”为了免让老何受到二次伤害，蔡晨把身上的安全绳的一端解开了，也扣在老何的身上，使劲儿爬向工友们的另一个方向，让老何远离钢筋笼子的磕碰。

几经周折，老何终于被拉了上来，他整个脸都被混凝土酱住了，像戴了一层厚厚的面具。小张赶忙用手帮他把鼻子嘴唇抹了一把，老何的嘴里就断断续续地呼出血沫，他的眼白在一张黑脸的映衬下更是显得惨白，眼神早已失去了焦点，不知落在何方。他抖动的手，不住地往自己的下腹吃力地动作——他想把滑溜溜的肠子送回被振动棒贯穿的腹部。小张别过了头，蔡晨使劲儿摇了摇老何的肩膀：“救护车马上就到了，老何！老何！别乱动，挺住！”老何仿佛把这句话听进去了，他的手脚慢慢平息下来，渐渐也没了气息。

蔡晨信誓旦旦地对赶来的汤总和工人们，指着那把被电线缠在井道里摇摇欲坠的黑雨伞说：“就是因为那把黑雨伞，那伞有鬼……”

小张也附和着：“老何突然发出巨大的呼吸声，双手使劲儿地抓自己的脖子，就像有一个无形的人卡住了他，他使劲儿地瞪着我和小磊，跪坐到井沿，然后就翻落到作业面了！真的，就像是被鬼……”

工地来了很多人，有警察，有急救中心的人，还有不少人穿着制服，像是各部门的工作人员。

汤总召集了一大帮股东开会，班头果然是赔不起，只承担了一部分，劳务公司也没钱，最后还是乾隆地产自己补足了其余部分，给了老何的家属一笔抚恤金，将这事算是平息了。班头也安抚蔡晨："老蔡，你别担心，听说汤总会找个有道行的法师超度了老何，再给鬼魂做个'遣送'仪式就行了，这事，找警察还不如找法师管用。"

"这里有鬼魂？'遣送'仪式？"蔡晨当场发出了疑问。

班头踌躇了一下，憋出了一句话："天机不可泄露。"

乾隆地产高层后来又开了记者招待会："这只是一场意外，老何是哮喘发作，没有带药在身边，失足落入混凝土作业面的。"

两天之后，汤总真的请来了法师，在子时用那把黑雨伞做了"遣送"仪式，将黑雨伞送到了工地外不远处的桥头。而且，汤总为了让蔡晨安心，同时请了僧人到出事的钻桩区做了一场法事，超度亡灵。

## 九

蔡晨磕磕绊绊地讲述当天事情的经过，我发现他的双眼时有失神。

"你刚才提到高层开了记者招待会，说老何是哮喘发作，那么据你所知，老何到底是不是有哮喘病史？"

蔡晨讷讷地点了点头。

"既然这是一个意外，也已经做了仪式，你还有什么不安心的呢？"

我问他。

也许你们觉得这些仪式很迷信，但是这就是“安慰剂”效应，如果你们觉得这个名称难以理解，我说这是“假药效应”就好理解了吧？放在这个迷信的事件上来说，就是虽然这事是迷信的，但只要工人们坚定地相信“遣送”仪式有效，那么他们就能得到安慰，那些关于“黑雨伞”带来的不良暗示都会消失。

良久，蔡晨从嗓子里发出了破音：“不……那把伞不见了。”

“你确定伞不见了？”

“肯定是，我特意去桥头看过，我两边的桥头都看过了，伞确实不见了！”蔡晨的情绪非常激动，“他说过要是他出了事，回头肯定得拉上我！他又回来找我了！”

“你先回去，这个案子我们会跟进的。”周东篱不知什么时候回来了，很快表了态。

“许局他不是说……”

“他是叫我们回来，但没说不准再出去。”

蔡晨听到周东篱肯查这个案子，情绪稍稍平复，忙不迭地道了谢，起身离开。

“小刘，这蔡晨说得邪乎，你看这黑雨伞不见了，到底是怎么回事？”

“怎么回事？爱国卫生运动月的时候，我们是不是曾去扫街？”

“那又怎么样？”

“我留意过很多次，环卫阿姨对路上的祭品并不容情，桥头的伞肯定被环卫阿姨收拾了呗。”

“环卫阿姨能有这么快？”

“怎么不快？她们每天凌晨就开始工作，如果不收拾，这满世界都是黑雨伞了，又不是不知道这些地产老板迷信。”

“也是。”周东篱同意了我的说法。

“那这个案子？听这么一说那老何死得挺惨啊。”

“你不要感情用事，不是死得惨就必有冤，此事就暂告一段落吧。”

## 十

日历在风平浪静之中翻到了3月20日。

“许局，您怎么来了？”见到许局突然出现在我们办公室门口，我也是很惊讶。

他“呵呵”地笑了一下，显得尴尬，“就是那个汤总，你们还记得吧，他昨天在高速上爆了胎，幸好他的司机反应快，稳住方向，刹车了，两人都捡回一条命，只是ABS[1]介入的啪啪响声把汤总吓得实在不轻。最近朋友圈也经常出现来源于某自媒体的关于乾隆地产的爆款文章，你们得留意一下是怎么回事。”

许局压低声音说：“他怀疑是有同行在搞鬼，毕竟‘御宅’三期一搞起来，跟相邻的丽湖地产的竞争就更大了，要你们好好查一下。还

[1] 防抱死制动系统（anti-lock braking system），简称ABS。

有这事别让简支知道了，因为之前我是说不用查了，就是意外，出尔反尔不好，就当是你们自己要查的，故意给我添乱，到时候就是有人告到我这里来，我也给你们担着，你们看这样行吗？”

“这……”周东篱还没有反应过来。

许局又正色道：“你别以为我跟那汤总官商勾结呀！绝对没这种事，知道不？其实我就是个分管刑侦工作的局领导，我可是单纯地为了干好工作。”他一拍周东篱的肩膀：“简支脾气太犟，所以干了快30年了，还是支队长，但是你不同，东篱，好好干，我看好你！汤总那边的人自会配合你的。”

许局单方面说完，就大步流星地走开了。

我点开了朋友圈翻了翻，并念了出来：“‘惊！某地产公司三期项目工地持续闹鬼的真相’‘可怕！黑雨伞大开杀戒，刑警队长束手无策’‘悲哉！染满鲜血楼盘，壮哉！替天行道的黑雨伞’……神经病！题目全部都是‘UC体’！什么鬼？”我把那自媒体公众号查了查，从小图上认出了自称“神探X小姐”的姑娘就是那天跟炸两聊得热乎的那个麻花辫姑娘，虽然她戴着帽子和墨镜。

“她都乱写了什么？”

“迄今为止，倒是没乱写，只说我们侦查办案无力，明眼人都知道是刑事案，却以意外来搪塞公众。后面的评论也有相当一部分人支持她。”我点开原文链接，那些爆款文章后面还有其他“真正风水好的楼盘”的推介，比如老牌房地产商丽湖地产就赫然在目，呵呵。

“这竞争对手也真是明目张胆。”我接着说。

“我看未必，谁现在愿意来捅这个马蜂窝？搞不好就是不正当竞争行为了。所以这个所谓的‘真正风水好的楼盘’也就是个靶子而已。”

跟周东篱说话的空当里，我把它们都转到了炸两的微信。

炸两秒回：“这神探 X 小姐真是号人物啊。”

“看来，许局也是迫于舆论的压力偷偷重启了这个案子。关于这个案子，我总是有点什么放心不下。现在他说我们可以继续查，那倒好。”

“明面上并没有允许我们去查，只是私下说的，所以我们还是换个便衣吧。”

我们仨都换了便衣，各自背了一台队里的专业相机，再次来到了“御宅”的第三期项目工地。

## 十一

“我们跟汤总联系过，是摄影学会的，有个比赛需要来拍些工地采风照片。”

“汤总？”一个监理模样的人拦住了我们，“没听他提过，什么样的比赛需要来拍工地照片？”

“‘中国梦·劳动美’摄影大赛。您看都快劳动节了，到时开影展。”我抢着说。

那个人狐疑地看了看我们，但最终给了我们三顶安全帽，叮嘱我们要万事小心。

“我怎么一直没发现你撒起谎来，还是挺有逻辑的？”

“对，我有这个天赋。”

假装摄影师有个好处，我们可以到处查看，并用相机拍下可疑的事物。

我的相机特意安了个长焦，托着它就像拿着个放大镜，可以最大限度地获取工人们的面部表情。

我将工地环视了一圈，最后定焦在一个排栅上。

“顶层天面要封顶了，”我看了看说，“周队，你也看看这个方向，这个是不是早几天来找过我们的蔡晨？”

周东篱也用自己的相机瞄准了相同的位置，“我们稍后找他谈。”

工地的工人也有不少是“万金油”，像蔡晨，先前是开泵送机的，还要做泵送机钢管安装，他正在30层的电梯的出入口工作，拿着一个电钻钻孔，加固泵送钢管。

“还真别说，我赶紧拍几张。真有‘中国梦·劳动美’比赛，说不定我真能得奖。”我按下开门，拍了一组组照，明黄的安全帽，橙色的服装，还有蔡晨那张黝黑的脸形成了鲜明的对比，色彩很是浓烈……

突然，蔡晨跳了起来，从梯子上往排栅外的方向摔了下来，一瞬间他绊倒了铝合金梯子，而且他往外摔的力量让安全绳的一端带着梯子也往外滑，梯子滑出了两米，卡在了排栅管子的末端。蔡晨栽下来的时候，他手里还压着电钻的开关，那钻头往他大腿上挂了一个口子，他一边滴着血一边喊：“救命……”

28层的高度，安全绳把蔡晨紧紧勒在半空晃荡……“救人！赶紧救人！”周东篱和炸两都把相机摘下来给了我，好沉！他们直奔排栅的升降机而去。

工地上的人发现了情况，都围到了下面大喊："老蔡坚持，不要乱动！"他慢慢开始晕厥，声音越来越小，电钻脱手而出。

周东篱搭乘电梯刚到达20层的时候，突然听到顶上有人大喊："别过去！别再过去了！"原来这里人货电梯的上落平台是用钢管临时搭建起来的，人在上面行走就犹如在单薄的木板桥上行走，会在平台上引起一定程度的形变，当同层工作的工人想走近营救蔡晨，平台就越是受力往下沉，而梯子也就往外飘……

随着铮的一声——金属摩擦分离的声音，"救我……"蔡晨的哭腔也由远而近，直向下坠，紧接着是轰的巨响。蔡晨重重地砸在六层的防坠落平台上，他竟从平台缝隙里整个人掉了进去，砰的又是一声响，梯子卡在了平台上。蔡晨被安全绳悬在了平台下缘，血如桃花雨，他的四肢就像失去了生机的提线木偶一样无力地垂着。

我也跑到了人群中，蔡晨依旧悬在那里，周东篱向炸两喊道："赶紧把他拽下来。"

炸两爬到平台下缘，刚够着蔡晨的鞋子，谁知一下子就把鞋扯下来了，蔡晨的脚踝早已粉碎性骨折，瘫软如泥的脚板根本卡不住鞋子。

"不能拽人，拽绳子！"周东篱对炸两继续喊。他同时又指挥围过来的工人："请帮忙找块大木板过来。"

有两个工人很快找了一块建筑夹板过来，周东篱让他们把木板从排栅里伸出一半，炸两拽着安全绳把蔡晨挪到夹板上面，解开了安全绳扣码，蔡晨总算被安置在夹板上面让人给抬了下来。

“大家让一让，我要工作了。”我挤了过去。

## 十二

我看见倒趴在木板上的蔡晨，由于高坠伤形成的多处骨折，他的四肢已经完全扭曲变形，我叫几个工人帮忙把蔡晨翻过来，见到了触目惊心的一幕。

“啊，他的脸呢？”

原来蔡晨摔在平台，头部先钻过平台的拼缝，夹板把他的头皮撕开之后，密集地渗血的头皮软塌塌地盖在了脸上，乍看上去就像一个只有一张血脸而没有五官的人。我的心狂跳起来。

我从衣兜里翻出手套戴上。我把那张血头皮往上翻回去，盖在了被红红白白的脑浆挤满的头骨上，因为他的头骨也已经凹陷，头皮覆在上面空落落的，就像一个小孩穿了大人的衣裤。

这时，我才注意到，蔡晨的鼻子与上唇也被拼缝削掉了，只留一个血窟窿。我承认我是受到了触动，从没看到过这么可怕的现场，我忍住内心的颤抖把蔡晨的手脚整理了一下——当然，其实这应该是殡葬工人的活，但我对生命有敬畏。

突然，“啪啪啪”的声音从天而降，这是一种类似于电火花的声音。“快跑！”周东篱大声呼叫。我停住了手中的工作，向发出声音的平台方向望去。

“砰！”又是一声巨响，一瞬间空间里灰尘弥漫，充斥着一种可疑的焦味，过了好一会儿，烟尘散去，我才发现平台底下有一个电钻钻头冒了出来。

炸两爬上平台，只见电钻带着长长的电线掉了下来，这时，有一个黑影从天上慢悠悠地飘下来，又是一把张开的黑雨伞。

周东篱显然也看到了，他爬上排栅往降下黑雨伞的方向追踪过去，他回来时，我已经保护好现场。

“找到可疑的人了吗？”

他摇了摇头。

刑侦的弟兄先后赶到，他们给我带来了粉红勘查箱，我做了尸表检查。

蔡晨高空坠落，颈椎四肢骨折。他在橙色服装内穿着针织内搭，体表形成了网眼状皮内出血点，这都符合高坠伤的特征。

我摘下了蔡晨的右手汗湿的手套，看到他的手掌有一个卵圆形的电流斑。电流的入口在手掌，那么肯定还有电流出口，电流出口大多数情况是在足部，但是他穿的是橡胶底工作靴，所以并不导电。我看到他的裤子右膝部被击穿，并有烧焦的痕迹，膝上果然也有电流斑，较之手掌的电流斑，组织损坏更为严重，没有金属化现象。

“他触电了。”我扭头跟周东篱说。

“触电？”他皱起了眉头。

“炸两，去把那电钻拿下来。”我喊。

“手套！戴上手套！”周东篱拦住了满手鲜血的炸两。

我叫上一个技术员一起回到 28 层，刚出电梯，见几个工人站在角落里头窥视。我问:“谁是负责人?”“我,”一个脸色黝黑的壮汉回答,“我姓章,立早章,是工地的项目经理。”我让他介绍一下现场情况。

“为什么外墙排栅开了这么大的口子?”我从地上的痕迹判断蔡晨就是从这个缺口摔出去的。

“我们这是顶层楼面施工,这个复式结构要做高支模顶架,要用很多六米长的高管,太长了电梯上不来,要用塔吊从这个口子吊进来。”章经理回答道。

“当时有专人盯着这里吗?”

“这个……”项目经理支支吾吾着。接着我问了一下其他的工人,也没问出什么有价值的线索。

“叮”的一声长响,电梯再次来到28层,周东篱和汤总先后出来,汤总的表情有些尴尬:“警察同志,才这么几天,已经两条人命了!安全帽、安全绳,你们看这可都有,这到底是咋回事啊?”

我与周东篱对视了一眼。周东篱说:“汤总,性命攸关,还是借一步说话吧。”汤总愣了一下,也只好说:“好,我们找个地方谈。”周东篱递了个眼色让我跟上。

## 十三

“汤总,这工地的黑雨伞到底是怎么回事?希望您能好好解释一下。”周东篱直接发问。

“晦气啊!我也不知道这黑雨伞是哪里来的。我私下了解过,3月

16日出事情的头一天晚上，值夜的老杨头说是见到有个男人打伞进来，只留了一把伞在钻桩区就不见了。后来钻桩区就出了事。”

“你们工地的工人很多都知道‘黑雨伞’的典故吧？”

汤总用奇怪的神情看着我们：“本地人都知道啊。那些流落桥头、路口的黑雨伞可是万万不能动的，因为那里面有……有鬼。”

“为何你一开始执意认为是意外，现在又认为是同行捣鬼，或是真的有鬼呢？”

“也许你们对‘黑雨伞’的典故只是略有所闻，并不知道法事的过程吧？第一次‘黑雨伞’进入工地，是被人撑着进来的。一把装着鬼魂的‘黑雨伞’是不可能撑开的，因为法事之后，‘黑雨伞’都应该是合上的。”

我接住了周东篱的眼风，我们想起那个躲在网咖前面观看“遣送”仪式的夜晚，的确是一个道士先行，后面跟着一支小队伍——四个拿着火把的男人簇拥着一个男人将一把合上的黑雨伞带过了桥。关键是那把黑雨伞是合上的。

“所以，”汤总总结道，“我当初以为只是巧合，那值夜的老杨头已经上了年纪，只看到人进来，看不到人到了哪里去，也许是眼花罢了。”

“后来接连发生的事，包括我在高速公路上无故爆胎，我觉得是……我觉得是，真的不合常理！第一次老何掉进了混凝土里，那‘黑雨伞’撑开了，我已经请法师给工地里的鬼魂做了‘遣送’，也给老何做了超度，没想到，还是阴魂不散啊！今天‘黑雨伞’又出现了，而且还真的带走了蔡晨！”汤总一口气说了许多，然后用发红的眼睛盯着我们。看得出来，他已经连续好多天没睡上一个好觉了。“你们呢，你们相信有鬼吗？我看这工地是被鬼缠上了！”

“有时候，比鬼更可怕的是人心，”周东篱意味深长地看了一眼汤总，“如果您想起来有什么可疑的人物，记得随时告诉我们，这关乎每一个人的性命。”说完，他掏出一张名片递给了汤总。

“走，小刘，我们到外面再看看去。”

## 十四

我们回到工地时，炸两已经把电钻弄了下来。

“为什么他会突然栽下来呢？而且栽下来的时候还把电钻攥紧，在自己身上开了口子？”这是炸两发出的疑问，蔡晨的惨剧应该源自这个电钻。

“ 触电，痉挛，”我看了他们一眼说，“蔡晨是触电了，手指痉挛，然后紧紧攥住电钻没法松手，直到电钻的重力冲破了他手指的束缚。”

“问题应该出在电钻上。”周东篱拿过蔡晨出事时的电钻检查，那是一把看起来有点历史的电钻。

“这电钻看起来就不安全。线都掉出来了。”我指着电钻把手裸露出来的一根黄绿色的线说。

“这是安全地线，虽说这也是不规范，但一般情况下也不会带电的。”

“我……我不懂。”我说。

“你懂才可怕呢。”周东篱把插头处缠绕的胶布打开，只见黄绿色的线和棕色的线缠绕在一起。

“胶布！”我眼尖，一眼看到胶布上的纤维，我替技术员把活儿干了，把胶布另外装进了物证袋。

“安全地线和火线被人为地缠在一起，不带电才怪呢。而且蔡晨用的是铝合金梯子，他工作一段时间之后，手套湿了，裤子也被汗湿，而且膝盖抵住了梯子，电流会在他体内经过，也就造成了电击，导致他从梯子跌落。”

“小篱子，刚才那黑雨伞又出现了。”炸两突然说。

“明明是有人害他，怎么你也相信黑雨伞？”确信这事情不是看不见摸不着的鬼怪所为，我一直悬着的心也放下了不少。

“凶手还会继续作案。”周东篱愁眉深锁。

“为什么呢？”

“没有达到目的，他不会善罢甘休。”

“目的到底是什么呢？”

“线索本就不多，但我们还是可以整理一下，除了已经被害的老何和蔡晨，还有逃过一劫的汤总和他的司机，虽然前两个只是受雇于班头，但这四个人的共性就是都与这个工地有千丝万缕的关系。”

“难道真的是同行作案吗？”

“我已经让炸两去查近期乾隆地产有什么新动作会拦了同行的财路，”他提醒我，“我们还有一个地方没去。”

## 十五

“从老何的案子开始，已经过了四天了，老何的尸体估计已经火化了。”

“就算没火化，也查不到多少线索，因为他被混凝土泡过了。”

“但是，有一个地方我们也许能查到线索。”那就是员工宿舍，老何与蔡晨，还有另外四个工人住在同一间。因为老何和蔡晨先后遇难，另外四个工人也就搬去了别的宿舍，将这个宿舍空置下来了。

一进员工宿舍，我就盯着墙上看。周东篱一边翻箱倒柜一边督促我：“小刘，赶紧干活儿。”

视线从墙壁上移开之后，我从老何的床铺边上翻到了一瓶并未启封的哮喘药。突然进来了一个女人说：“他一向把哮喘药带在身上，事发那天也是。”她掏出了一个塑料袋子，里面是一瓶满是污渍的哮喘药，“如果你们要检验什么，应该检验这一瓶。”

“你一直留着这瓶东西？你是谁？”

“是的，因为我不相信老何死于意外。我是他的妻子，才把他的后事办妥了，过来收拾他的遗物。”

“老何的身后事处理好了吗？”

何妻没说话，轻轻地点了点头。

“有线索吗？”她突然问，“我听说，这个工地真是闹鬼了，今天又死了一个。”

“老何最近有没有什么不寻常？”

“这么说起来倒是有一件事，他平常都不回家，而是住在宿舍，但他会给我打电话，说一说有趣的事情。他出事的头一天晚上，他打电话回来的音调很是高兴，我也被他的情绪感染了。他跟我说，有人平白无故给了他 200 块钱，就是要他干一件小事。估计那钱还很新，他当时还把钱弄响给我听。”

“什么样的小事？”

“他没说，但我觉得，这 200 块钱，估计就是买命钱。他的钱夹子也在这里，没动过。”何妻把钱夹子和哮喘药都交给了我。

回到局里之后，我把那瓶哮喘药给了周东篱。

“你真的相信这是事发当时的哮喘药吗？”

“做个微量元素检测，当时的混凝土据说是 A 厂运送过来的，与其他混凝土厂的有很大不同，想随便在上面留点污渍蒙混，也没那么容易，”我小心翼翼地开口，“周队，你拿去检验中心吧。”

他问我：“你怎么不去？”

“我就是不去。”我明确地拒绝了。

“原来你……”周东篱突然怒气冲冲地对我说，“其实，你对‘团队’的理解，出现了差错。”

说罢，他就拿着那哮喘药走了。

“他怎么了？”炸两问我。

“他肯定以为我跟陈轩……”

“你们怎么了？”

“没有什么！他误会了，”我突然推了炸两一把，“你赶紧跟过去，回头我给你找车牌号。”

## 十六

过了大半天，炸两告诉我检验中心那边给出了结论，说何妻提供的那瓶据说是事发当时的哮喘药里面含有哮喘患者致敏成分。瓶子也做过微量元素分析，与事发当天的混凝土吻合。

“痕检那边还从瓶子上熏显出了他人（老何以外的人）的指纹。周队让人去把工地上工作的所有人员都打了一遍指纹做样本对照。”炸两说。

“有结果了吗？”我拉了炸两去痕检那边看。

“右手拇指，八个特征点，足够了。”技术员从一堆指纹样本里抬起头说。

我拿过那张比对上的指纹卡，上面有个名字，我问：“许天扬是谁？”

这时周东篱又打来了电话，我扔给了炸两：“我不听。”

“小刘呢？赶紧过来，又死了一个。”

“哪里？”

“老地方。”

接二连三的命案，让“御宅”第三期项目成了我们刑侦支队的“老地方”，而整个乾隆地产也蒙上了一层阴霾。

我们很快赶到了现场，汤总也很快到了，满脸通红，一边打着满口“是是是，我会妥善处置的，牛哥您放心”的电话，一边不住地抬手揉自己的后脑勺。

其实，现场早些天已经被警戒带封锁了，住建局也已勒令施工单位停工，只剩下少数几个维修工在做保养和维修，这样也能出事，确实有点儿怪。

一个高大黝黑的汉子在几个警察的控制下依旧激动地辩称：“我只是正当防卫，他想杀了我！”他执拗地扭转脖子，那粗红的脖子上有一道新鲜的血痕。

周东篱让人先把那汉子带离现场。

“死的是老许，”班头皱了皱眉头说，“死的都是老工人。”

“姓许？许什么？”我有不祥的预感。

“许天扬，”项目经理阿东回答了我，又自顾自地说，“刚才有人过来跟我说了，是老丁使用的角磨机的砂轮碟片突然破裂飞了出来。老丁认为是老许暗算了他，两人体格差异大，老丁一失手就把老许打死了。被人带走的就是老丁。”

“为什么老丁认为老许会暗算他呢？”

“工地里一直传言老丁跟老许的老婆有一腿。有一次老丁在和水泥，老许的老婆问了一句‘和（huó）好吗’？老丁当众回答她‘和（活）好气（器）粗，我这还没喘气呢’，大家都笑疯了。后来，有一回有个工友嘲笑老许老婆的脖子上有一块红斑，她说是狗咬的，老许都还没发怒，老丁却怒了：‘你说谁是狗呢？’这是工地里两个有名的荤段子，很多人都知道。所以老丁跟老许这两人的关系一向都不怎么样。”

“传闻是真的吗？”

阿东摇了摇头说：“无从考究。”

周东篱检查了角磨机，砂轮碟片的残片上的确有人为掰动过的痕迹。

痕检技术员拆开角磨机，从中心金属片上扫到了现场指纹，粘在黑卡上。我拿出许天扬的十指卡，很快比对上了右手食指。

“他确实碰过角磨机。”

周东篱说：“嫌疑最大的人已经死了，这案子算是破了吧。”

听到这句话，汤总总算是松了一口气。而我无意中瞥见角落里，赫然又有一把黑雨伞。

## 十七

一离开现场，我就说：“既然案子破了，我明天想休息。”

“我总觉得哪里不对劲儿，”周东篱岔开了话题，“如果凶手真的是许天扬，他想杀老丁是因为传言，但他杀老何跟蔡晨的动机是什么？”

“他曾经跟老何、蔡晨他们一个宿舍。几个大男人同一个宿舍很容易产生摩擦。”

“你怎么知道？”

“我注意到他们贴在墙上的宿舍卫生轮值表，是有这个人，许天扬，没错。”

“不过，”我又推翻了自己的结论，“一个工人自然能够知道如何可以让蔡晨的电钻带电，也能让老丁的角磨机飞出磨片，可是，他又怎么知道哮喘病人禁用什么药呢？”

“很简单，”周东篱用橡胶手套捏着老何的病历，封面就明确写着他禁用什么药，“只要他上网再查一下，就会明白这个对老何是足以致命的。再说瓶子上不是已经有许天扬的指纹了吗？”

“你有老何的病历？”我突然灵光一闪，“会不会许天扬只是个替罪羊？”

我立即戴上手套，翻出老何的钱夹子，“这个东西，工人们一般不会带着它上工，所以它也逃过了混凝土的污染。之前何妻说过，出事的头一天晚上，有人平白无故地给了他 200 块钱，要他做一件小事。”

我一翻开老何的钱夹子，里面有妻女和他一起的全家福，也许是几年前的，一家人其乐融融。还有一些购物小票，他买的东西都符合一个工地工人的生活水准，都是一些生活必需品。

“假设那 200 块钱还在他的钱包里。新钞，就只能是这两张了。”

“小刘，你到底是什么意思呢？”

“如果在病历本和这两张新钞上面能提取到除了老何以外又可被认定为同一人的指纹，那么，我想我已经知道这 200 元买的小事是什么了。”

经过痕迹检验，病历本上的确提取到了一枚指纹跟新钞上的指纹很相似，但指纹中心的位置有显著差异：病历本上提取的指纹中心位置有一条小线，而新钞上提取的指纹却没有。

把这两枚指纹都录入了指纹库，其中新钞上的指纹比中了一名对象。

我把上面显示的信息念了出来："张齐，2013 年 8 月 16 日，× × 新村聚众闹事。"

"这个 × × 新村，不就是乾隆地产二期征的那块地吗？"

"那就板上钉钉了。"

"对了，你认为那 200 块钱买的是什么小事？"

"这个张齐让外地人老何当着蔡晨的面去摸那把黑雨伞，并且吓唬本地人蔡晨，老何同意了。这样就开始了'黑雨伞'闹剧。"

"你明天休息吧。目前也没有明显的证据可以否定你的结论。"周东篱居然同意了。

"炸两，让人去布控这个张齐，资料在这儿。"

两个小时后，张齐在一间出租屋里被埋伏的警察成功缉捕，他两眼深陷，神志不清。尿检呈阳性，原来他是个瘾君子。清醒过来之后，他倒是很坦荡，对罪行供认不讳："只是对不住老何和蔡晨了！要怪也得怪那强征强拆的开发商吧！"他还说，"不过，我还是后悔。"

"后悔什么？"

他不再说话，只是露出了狡黠的笑容，瘦削的脸庞简直就像一只会微笑的骷髅。

凶手总算被抓住了，也算是冤有头债有主了。听到这个消息之后，我很快进入了甜蜜的梦乡。

## 十八

我说的休息，真是休息。我饱饱地睡了一觉，就是经常听别人说的睡到自然醒。

我真的好久没有体验过这种生活了。我看了看手机，它居然在几个小时里异常安静。我想很多警察都有这种体会，他们看着手机不像普通人那样从情感上觉得那是一个不可割舍的玩具，而是认为那是一枚计时炸弹，它会在某一个时刻触发，这个时刻有可能是你难得和家人共享天伦尽兴喝了酒的一个夜晚，也有可能是你正在美梦之中，更可能是你本要参加孩子的演出晚会……一旦它开始计时，你就要立即动身去排爆。

事情就是这样，当我的注意力放在计时炸弹上，想着它什么时候号被触发时，它就响了。

看到上面被备注成“智障周”的来电显示，到底解气了一些。

“智……周队，啥事？”

“你叫我智什么？”

“智什么？智勇双全的周队，啥事？”

“我们都错了。案子没完，又死了一个。”

当我们预设的杀人凶手许天扬和张齐一个死了，一个被捕之后，凶案却依旧继续发生，这个案子一时间变得非常棘手。我立即穿好衣服赶回了局里。

“这次又是怎么回事？”

“有一个罗姓工人自杀了，”周东篱说，“知道你肯定还在睡，就让你睡够了再说。”

“自杀了？自杀不能说案子没破吧。”

“自杀未遂，这个自杀未遂的工人，轻生前半小时还投注了双色球，谁自杀还先买注双色球？蹊跷啊！”

“你确定是自杀？”

“他要从员工宿舍顶层跳下来的时候，刚巧被工友发现，把他拽住了。”

“那半小时之内，他肯定遭受了某种刺激。”

周东篱分析道：“从角磨机案开始，我萌生了一个不成熟的想法，虽说那天听工地的人说老丁跟许天扬有私仇，但是其实那台角磨机并不一定是老丁开，只是老丁正好那天开了。也就是说无论是谁开动了角磨机都会发生惨案，我认为凶手的真正目的只是杀不特定的对象，让工地持续出事。当然了，我所说的凶手并不是指许天扬。”

“背后一定还有人，”周东篱看了我一眼，“到底是谁煽动了许天扬做这件事呢？”

“这个背后的凶手到底要杀多少人？”

“八个！他要杀八个人！”周东篱恍然大悟。

“为什么是八个？”

“死一个人能阻止建筑公司投标一年，死八个人可以让建筑公司解散。汤总的公司既是开发商，也是建筑商，那个依旧逍遥法外的凶手，想要这个公司解散！”

“也就是说如果我们不快速找到那个依旧逍遥法外的凶手，凶案还会继续发生。”

“对，凶手已经直接或间接地杀掉了三个人，让一个人自杀未遂，我们却依旧云里雾里。但每次出手，他肯定会留下痕迹，他想完全抹掉痕迹是不可能的，建筑工地的人本身就迷信，那凶手一开始还能装成是黑雨伞带来的意外，但他很快就会意识到自己再次出手的话，会承担风险，所以，后来他煽动了许天扬杀人，只是他没料到许天扬反倒会被老丁杀死。”

“不，我认为许天扬被老丁杀死，也在凶手的意料之中，不然我们可以问许天扬，到底是谁煽动了他？”

“走！去工地！”

周东篱和我再次去到工地，把能够走访询问的人，都走访过了一遍，能够得到的有用信息却是甚微。他陷入了良久的沉思，突然抬起头对我说：“这可能是我们最后一次机会了，凶手会想到工地最近发生的案子已经引起了绝对的怀疑。”

“他会……”我惊讶地用手捂住了自己的嘴。

“对，他会一次性把‘缺额’杀够。”

“太可怕了！”

“我倒是还怕他一个一个杀呢。现在工地已经做到顶层天面封顶，如果他想把握住最后一次机会，并且想一次性杀够，他一定会用这个办法。”

“现在工地上工的人很少，凶手不会铤而走险，要把他引出来，当务之急，就是让工地复工！”

“你去找许局说一说？”

“为什么是我去找许局说一说呢？”

周东篱改变了主意：“你陪我一起去找许局说一说。”

## 十九

“复工？”许局皱着眉头说，“不行不行！这事牵涉的方方面面太多，搞不好要吃不了兜着走！”

“许局，凶手还没抓到，我们甚至没有圈到嫌疑人，但已经很接近了，如果这次放手了，他逮着机会还会再来，但我们却不知道是何年何月。”

“如果复工了，你们就敢打包票何年何月抓到他吗？”

周东篱给我递了个眼色，我死也不吭声。

许局看了看我，扬了扬眉毛，就直接自己说了：“这样吧，我想办法让工地复工，就算我这次把筹码压在你们身上了，若是出什么乱子，你俩都去出入境大厅吧，特别是你，刘依依，去给我坐前台好了。”

“是，许局。”

我们从许局的办公室里退出来的时候，还听见他在里面大声叮嘱：“千万别让我背锅！”

“小刘，你跟炸两去找那姑娘，叫她念及跟炸两的情分，给我们写个文。”周东篱安排我跟炸两的任务时说得可轻巧了。

“为什么不让宣传科报道？”

“宣传科？太明显了。这种时候，我们需要的是一向不站在我们这一边说话的非主流自媒体。而且我们这次要说的内容并不真实，不要让自家兄弟担责，而某些自媒体经常就是撒开了乱说。”周东篱说。

“炸两，周队让我们去找那姑娘。”

“哪个姑娘？那麻花辫儿？”

“对，文艺范的大神探，大记者。”

“上哪儿找去？”

“你不知道吧？这种人的公众号上都有报料热线，而且她一定会来的，”我笑了笑，“我已经联系上她了，她说十分钟就到。出发，我们到‘楼梯间的午茶’酒吧等她。”

“上班时间可不可以喝酒？”我明知故问。

“去酒吧不喝酒，难道喝水？”

“那么喝一杯，低度的。”

我们到了酒吧，各自点了酒。不久，麻花辫儿也到了，她一瘸一拐地到了吧台。她说不要酒，直接让服务生给了她一杯水。酒吧的灯光昏暗，但麻花辫儿来了之后，一直没有摘下墨镜。她从背包里掏出一个小本子、一支笔和一个录音笔：“时间宝贵，请说吧。”

我把她的录音笔收了起来：“我给你托管。”我又在吧台上放了一个干扰器，“别费劲儿，就算你身上还有多少个，也没有用。我们今天说的，其实就是等于你自己说的，不出自我们之口。”

她的语气明显愠怒：“凭什么？”

“凭你造谣，你说刑警队无能，”炸两接过话，“你不是说自己是班头的女儿吗？可我听说那班头的女儿早两年已经意外身亡了，你这是借尸还魂？接了这么多房地产广告，在网上乱写，钱够帮你的假爹赔了吗？”

她见势不妙，站起来想逃，炸两拦住了她，“我们今天来不是兴师问罪，见你文笔犀利，思路清晰，想跟你好好合作。”

麻花辫儿戴着墨镜，看不到她的眼神，但我窥见，她墨镜下的眼角还有些瘀青，嘴角的笑容亦是牵强的，而且半天说不出来一个字。

“你的烟熏妆还挺好看。”我揶揄道。

眼见她握着水杯的指关节发白，炸两见势不妙立即转移了话题：“姑娘，上一次见面我们还是相谈甚欢。”

“你、你们想要怎样……我照做就是了。”

我想了想说：“我给你个命题作文吧，保留你一贯的‘UC 体’风格：‘吓尿了！疑犯落网，楼盘复工，可怕的不是鬼，而是人心……’你要强调这个嫌犯已经落网，并且对犯罪事实供认不讳。”

麻花辫儿走了之后，炸两问我：“你刚才说什么烟熏妆？她差点要拿杯子砸你了。”

“她敢，这是袭警！”我神秘兮兮地说，“我听人讲，上次她不是写了‘真正风水好的楼盘’的推介嘛，果然是个靶子，她在人家预售之前把售价故意说低了三成，真正的价格与公众期望值落差较大，结果可想而知。”我挤挤眼睛，喝了一杯气泡酒。

“活该！”

“哟，我还以为你会怜香惜玉呢！”

“现在看来这个女人生存能力堪比小强，何须怜惜，”炸两也将杯子里的酒饮尽，“走吧！”

麻花辫儿——后来我查了一下，她有一个蛮诗意的名字，叫林水影。炸两直呼：“这名字真土！”

我反驳：“你才土！临水照花！这是胡兰成形容张爱玲的，说她是‘民国世界的临水照花人’，后来又引申为女子自傲、敏感、卓尔不群。”我想了想补充了一句：“也挺适合她的。”

林水影自知理亏，回去之后很快就把初稿写了出来，周东篱让我在几处关键的地方把关修改，以期提高蒙蔽凶手的概率。

“现在要推送了吗？”

“还要等等。”

## 二十

许局也真是言而有信，穿针引线地找了几个相关部门的领导，还请了外地专家过来，火速召开了一个联席会议。

他也安排我跟周东篱列席了，这样我们可以把一些专业的意见收集起来。

许局把主要案情陈述了一遍，并向现场专家提出了问题：“如果凶手还会继续作案，他一定会挑选薄弱的环节，就工地来说，就是高风险的环节，施工到了这个阶段，哪些环节最容易出问题呢？”

一位专家发表见解："应该是高支模吧！也许你们觉得高支模坍塌很难，记不记得《越狱》里面米高只要钻破了牢房的那扇墙的几个关键点，墙就会自然坍塌？高支模也是如此。顶层天面封顶浇筑，因为顶层复式，部分地方挑空，棚高六米，浇筑模板顶架超过六米为高支模，需要专家论证签名确认之后，才能按方案施工。只是在作业过程中，高支模的荷载会呈数十倍增加，这时，如果某些支撑出问题就会发生坍塌，坍塌一旦开始，余下部位也会瞬间受力增大，支模变形，必然加速坍塌。"

另一位专家则指出："破坏塔吊更容易，根据30层楼计算，这塔吊得有100多米高，平衡臂前臂有55米，而吊送的建筑材料有1吨，在大风天肯定会摇晃得厉害，很容易发生塔吊事故。"

"最近没刮风啊！"

"现在讨论的是最可能被人为破坏的环节，如果风能破坏，人一样能，把连系梁的螺丝扭松，就很危险。"

几位专家相继发言，互相补充，最后意见比较统一地认为是："高层排栅安全连系系统，排栅脚下基础可能性，高层作业防风，高支模，塔吊安全连系系统。"

许局看了看我，我知道他的意思是问："都记下来了吗？"我把小本子拍了一下，点了点头。

许局又跟几个部门的领导商议，由我局刑侦部门先对专家提出来的几个重点环节进行排查，然后假装"复工"，才能引蛇出洞。

"也只能这样了，以绝后患。"

“但你们摸排一定要清清楚楚才行。”

“还是请住建局派相关专家协助我们排查安全隐患吧，毕竟我们不专业。”周东篱说。

许局说：“大家没意见吧？”众人一致说：“没有。”

许局嘴上忙不迭地向与会的领导表示感谢，这个感谢绝对是真诚的，感谢他们对我们刑侦工作的支持和信任，因为他们都用上了自己的“乌纱帽”来同意“复工”。当然，这个有着特殊意义的联席会议，其实每个部门都清清楚楚，这是一场“鸿门宴”，所以来的都是二把手。二把手最大的作用就是为一把手保驾护航，排忧解难，不是吗？

## 二十一

“吓尿了！疑犯落网，楼盘复工，可怕的不是鬼，而是人心……”麻花辫儿的“命题作文”推送出来的第二天，“御宅”第三期项目也在许局的多番努力之下，正式复工（准确来说是假装复工）。

3月30日，黄历上说“诸事不宜”。

我再次乔装成摄影师，压低帽檐，站在工地的空旷处托着单反，用长焦镜头侦查排栅上的工人们浇筑混凝土的情形。三月份的天气，并不闷热，我屏息监控着视野里所有人的一举一动，汗水早已爬满了我一身一脸。

这是一个没有太阳的阴天，我的手突然画了一个大弧，给镜头卡上了遮光罩。“啪嗒”一声，遮光罩安上，就像一个信号，随之而来的是一声巨响，高支模轰然坍塌了。

周东篱冲进了废墟，想把被钢筋压在底下的一个身负重伤的人撬出来，我也跑了过去，那人一息尚存，露出一抹微笑说：“肯定够数了。”他闭上了双眼。

我甚至没来得及告诉他：“今天的工人，其实都是我们安排的特警，而不是工地里的普通工人。在你动手之前，他们已经看着我发出的信号快速从预设的路线撤离了，并无一人伤亡。”

我也在痛悔：“当时有几个工人都在接近那个可疑的节点，我在等他们更接近，结果他过去准备动手，我也只来得及卡上遮光罩示意。”

“依依，这不是你的错。”炸两也是乔装的工人之一，见他毫发无伤地撤离，我冲他微微一笑。

“可惜，你的安慰太单薄。”我感受到眼眶里氤氲的水汽……

以上只是我最害怕的情形，但也是属于“那个人”最美妙的想象。

高支模还在我眼前好好地立着。高支模上没有安全隐患吗？一开始还真是没排查到，但为了安全起见，我建议将高支模上的作业人员全部替换成特警。但是身负人民群众的安危和领导们的乌纱，专家和兄弟们很拼命，最后关头排查出高支模的安全隐患，采取了各种修复补救措施，确保了万无一失。

因此，高支模还在我眼前好好地立着。

所以，当我在这个阴天，我的侦查视野里见到“那个人”，他的目光扫视了整个工地，落在高支模上，发现高支模没倒，塔吊也好好的，一切都是好好的、安全的。当我“啪嗒”一声卡上遮光罩，这仿佛也是他接收到的某种大势已去的信号，随之而来的那声巨响，是他跳了下来，砸到地面上产生的关于生命崩裂的巨响。

周东篱和我一起冲了过去，那人一息尚存，露出一抹苦涩的惨笑，“天意。”他闭上了双眼。他知道，他没有杀够数，而且再也没有机会，所以他选择了跳下来。

这次不是我的想象，而是“那个人”的结局。

黄历上的“诸事不宜”显然包括了杀人，但不包括破案，案子终于破了。

复工第一天，唯一的死者，叫张添。当汤总知道最近工地里的案子，很可能都跟张添扯上关系之后，他脸上露出难以置信的表情。

但他很快把自己的情绪调动起来：“我会给他们做做超度法事，把鬼魂都送走的，让大家放心干活。今儿我发话，我的工人兄弟们只管好好干，年终奖都给翻倍！”

虽然汤总的公司免去了灭顶之灾，但创伤在很长的一段时间里，都会存在，表面上也许结了痂，发痒，只要用手撕开，里面还是有尚未愈合的组织渗出的血。

## 二十二

2006 年的秋天，是横亘在张添的生命里的一个多事之秋。

山清水秀的隐村一处老屋里，那个名叫张添的男人推门而入。

“添儿，你的头怎么啦？”见张添回来，头上还挂了彩，炉灶旁的老太太不觉间烫了一下自己的手，吃痛地摸了摸自己的耳垂。

“没什么。”

“我看咱还是签了吧，大家都签了。”

“嗯。”张添言简意赅地应了一声，倒头便睡了。

自从隐村村后的坟地要作为商住地，开发商就雇人来游说村子里的人迁坟。可是坟地里的都是隐村祖祖辈辈的先人啊，一是村民们不愿惊动先人，二是迁坟是很耗财力的事情，首先要找人把先人的“金埕”起出来，还要另觅宝地好好安葬。但是，延误工期等于烧钱，何况这个事情已经拖了几个月，在开发商的利诱之下，一些村民已经陆续搬迁山坟，张添家的几个坟头成了坟地里的钉子户。

张添坐在他父亲的坟旁边看着挖了一个一个坑的坟地，就像是长了疥疮的人，用一个个疮疤注视着他。他父亲的坟头还有一棵柏树，20年前种下的，现在已经好高了。那是父亲去世的第二年，母亲与13岁的他亲手栽下的。

母亲当时对他说：“严寒酷暑，让你爹有个挡雨的地方。”

睡梦之中，他见到了父亲，胸无文墨的父亲对他说了一句话：“皮之不存，毛将焉附？”他想要父亲说清楚，父亲已经不见。

“父亲！”他从床上惊醒，母亲也不在家中，只听到村后面的坟地里机器轰鸣。他赤着脚跑到村后的坟地里，发现那棵柏树早已被砍倒，而柏树下的父亲的坟头也已经被推平。母亲蜷缩在树旁瑟瑟发抖，她用手使劲儿地扒着地下的泥土，满脸是混合了黄上的泪水。母亲看到他来，双唇嚅动了几下，没说出一句话，便悲痛地晕了过去。而且她再也没有醒来。听开发商那边的人说，母亲已经把字签了，因为他们把赔偿款加了 1000 块，现在出于人道主义再加 2000 块，让他用作母亲的安葬费。

他一个人背着母亲的尸体，感受着体温慢慢地从母亲的身体里抽离，他一步一步走着夜路到了殡仪馆。他就是想这样背一路，就像小时候他发烧，母亲一个人把他背到市区的医院里那样。父亲去得早，家里连个壮劳力也没有，母亲带着他生活着实不容易，因为特别穷，所以母子俩备受欺凌。有一次他看着村里的孩子都有气枪，也嚷着要一把气枪。他想着“有一把枪就能保护母亲了”。母亲收了一亩地的稻谷卖了，攒了钱，终于买了给他。他欢天喜地地拿气枪玩，把枪把夹在两腿之间打气的时候，枪口的准星不小心磕到了额头……刚下地回来的母亲看到他的额头流血，二话不说狠命甩了他几个耳光，把气枪砸了，然后从灶底下抓了一把草灰堵住他额头的伤口，抱住他死命地哭。这把气枪是他童年时代的唯一一个玩具。他总算明白母亲是怕他崩瞎了自己的眼睛，更怕没了这个儿子。他哭了一路，眉心的伤疤烟熏火燎般疼了起来。他后来也曾想要靠着读书改变命运，可是他根本就不是读书的料子，中学就辍了学，平时打零工赚不了几个钱，更别提娶妻生子了。他觉得跟母亲守在一起也挺不错的，起码不用面对这个世界上的各种丑恶。在父亲的坟要迁的时候，他没有办法及时找到新坟地，以为赖着不走，开发商也没有办法。想不到他们还是动了真格，结果把老母亲也赔进去了。

一夜之间，他成了孤儿。一个成年人沦为孤儿的痛苦感受，并不亚于未成年人，特别是在他认为自己应当担当起什么，却发现自己无力担当起什么的时候，母亲没有享一天的福，就这样走了。

母亲的火化费是1600块，他想着母亲操劳了一辈子，也没享福，就又花了200块加了一个纸棺，让母亲走得体面一点。剩下的钱全部存作了骨灰盒的管理费。墓地这么贵，他买不起。

那个晚上，他不知道自己是怎样回的家，他的背一直没有直得起来，仿佛母亲的尸体还压在上面那样，他恍然把手伸向后背，空空如也。他又哭了起来："不管怎么说，你跟爹总算在一起了。"

即将天明的时候，他回到了隐村。他生活在施工机器的噪声里，也是生活在双亲不得入土为安的阴影里。他每一晚都会梦见父亲对他说那句话："皮之不存，毛将焉附？"

后来他特意去请教了村子里一位有学识的老人，老人沉思良久说："你父亲觉得，连坟头都没有，要那个柏树干什么？"

他当下跪下哭了，原来父亲真的有灵，那么他真的不得安生了吗？噩梦依然纠缠着他，父亲的面目模糊，但严厉的声音不绝于耳。有时候，他也梦见母亲，母亲说："我一个人在这里很冷，小屋子很压抑。你父亲不肯原谅我。那都是你的错。"

虽然噩梦连连，但是生活还在继续。开发商的工地通过劳务公司开始在村子里招人，张添也成了劳务公司里面一个普通的建筑工人。他的内心里一直有一颗小小的种子，有朝一日，他要给父母讨回公道。但是困顿的生计，让他日益焦虑，每天回到宿舍之后，他都反复洗手，确认他的手上没有沾上工地的尘埃，他觉得这种工地连尘埃都是肮脏的。躺下之后，他也并不能轻易入睡，他会花上一段时间想念母亲，想着父亲的坟地还在，母亲也还在炉灶旁给他烧饭……他反复想很多遍，才能累极而眠。他有意识地跟着乾隆地产的拓展，从一个地盘到另一个地盘，自己也掌握了不少建筑知识。

直到 3 月里的一天，他发现工友张齐鬼鬼祟祟地弄了一把黑雨伞到工地里。作为本地人，他很清楚一把黑雨伞意味着什么，他偷偷跟踪张齐，对张齐设计杀害老何和蔡晨的事了如指掌，他看见张齐怀里掉出了一瓶哮喘药，他还故意装作不小心踢到了，药瓶骨碌碌地滚到许天扬跟前，许天扬捡回给戴着劳工手套的张齐。见工地里人心惶惶，警察们来了多次，他不但不捅出张齐的事情，内心还有一丝窃喜，他突然又想起那个多事之秋。

他开始游走在工友们之间，不动声色地煽动人与人之间的矛盾，比如老丁与许天扬的妻子有染，比如告诉刚查出肠癌的老罗想要尽快给患了尿毒症的妻子筹得救命钱的话，等着买双色球中奖还不如直接在工地里死了赔得多…

也许是父母在冥冥之中护佑他，要他替他们报仇雪恨，他的行动一直很顺利，很完美，没有露出一丝蛛丝马迹，直到诸事不宜的 3 月 30 日……

爸，妈，我有脸见你们了。他的双眼不由自主地往上翻，就像父母就在他身旁抚摸着他的额头，而他却死命想看抚在额头上的那只手——其实有些事情，不是尽力了就能得到想要的结果——但是在报仇这件事情上，他办到了，在合上双眼之前，他这么想。他轻轻地吁了一口气，吐了一口积压的黑血，嘴角翘起了一个诡异的弧度。

## 二十三

案子终于彻底结束了。一个百无聊赖的周末午后，我打电话给沈渊："我想见你。"他来的时候，我正在厨房里挖牛油果打奶昔。我喜欢牛油果，不把它切开，你很难知道它到底是不是已经坏了，如此的表里不相干，就像某种隐喻。

他问我："牙齿怎样了？"

每次听他这样的开场白，我都有些尴尬，"你就不能不关心我的缺陷吗？"

他说："我是关心你的痛。弓丝加力了没，智齿还发炎吗？"

"不疼了，智齿拔掉了，谢谢。"

"我给你的药是用透明袋子分装的，没有任何标签，你真的敢吃？"

我笑了笑，"我把性命托付给你。"

没想到我这句话令他陷入了沉思，他可能害怕我会黏人。

我打破僵局："为什么沉寂了这么久，他还会这么做？"

他知道我说的是张添。我对沈渊有着别样感觉的原因是：跟他说话不累。有时候我只说前半句，他就知道如何回答我。

"这是个破窗效应，当他发现张齐去杀人的时候，诱发了他本就深藏在内心的复仇种子。就好像一幢大楼的窗户玻璃，一旦有一扇玻璃被打破了，又没有及时更换，势必会影响到一些人去打烂更多的窗户。"

他走到我面前说："那么那件事你放下了吗？"

同样，我也知道他说的是哪件事。真正的、让人心旷神怡又新鲜常驻的爱情应该是旗鼓相当，势均力敌，那么我与沈渊之间有爱情吗？

他接着说："你应该很清楚'电车难题'，如果你当时想救下他，势必会导致其他在高支模上的人伤亡，这个选择无关道德，是理智的，没人责怪你，你更不应该责怪自己。"

我喜欢他这一点，他从不拆穿我。如果高支模倒了，这么大的一件事社会新闻会不报道吗？还是说他压根就不想对我的谎言穷根究底。是的，女人每一次对你撒谎都自有因由。我告诉他的是一个我臆想出来的故事。我曾告诉沈渊，高支模倒了，但由于我的选择，除了张添以外，并没有其他人员伤亡，但是我希望张添认为他已经"杀够了"，那么他临死那一刻已经释怀。我静静地不发一言。沈渊打开门走了出去，我追了几步，"你不喝东西了吗？"他已经听不见了。

这时我的手机响了，周东篱的声音："检察院把那案子退回给法制科了，听说张齐的作案动机并没有搞清楚。"

"没搞清楚？那就去搞清楚，提出去审讯呗，张齐不是还在看守所吗？"

"出了点状况，现在进了ICU抢救呢。"周东篱叹了口气，"不说了，有些事情电话里也说不清，再说也急不来，先挂了啊。"

"好的。"

我回到窗前，拿起望远镜看看远处的一座桥，桥的低处，赫然立着一把黑雨伞。

# 番外　今生缘

—— 入骨相思 ——

生命里总有一些过客，姗姗而来，
匆匆而去，如烟火般稍纵即逝，
但曾经存在的意义，就是为了告诉你：
会有人替我爱你，有人比我更爱你。

冬至夜。我在家里吃麻蓉汤圆，看见有人发朋友圈：“美短，弟弟，有人领养吗？家里的大猫老打它。”

我连回了几次：“我，我，我。”

我一个人住，地方很大，所以一直想养只猫。本来我是想到宠物店买的，但是又想起有那么一句话：“以领养代替购买。”于是，我领养了平生第一只猫。它是一只灰色的美国短毛猫，非常瘦，左眼周围长了猫癣，还得了结膜炎，几乎睁不开，但我还是如获至宝。兽医说七天后才能带它去打预防针，于是我每天给它的眼睛上两次药，用棉球给它清理眼周的泪痕，软软地问它：“好些了吗？”它总是异乎寻常的安静，甚至不会“喵”地回应我一声，只会侧过脑袋挨近蹭蹭我的手。

我给它取名叫“權总”——跟我网名的“火罐大公举”的“罐”字有种心心相印的感觉。我把购物车的衣服都删了，一件一件添加猫粮、猫窝和玩具。南方的冬天是没有地暖的，我开了暖气，给它买了一个毛绒绒的屋子，可是它猫粮吃得越来越少，也不太喝水。我赶紧又买了一箱子妙鲜包，它竟然也不太爱吃。我摸了摸它的肚子，胀胀的，它也越来越不爱动了。我越想越不对劲儿，便又把它抱到了宠物医院——这才是它来到我身边的第四天。

兽医给權总配了羊奶粉，用针管喂它吃，但它都吐了出来。扎针抽血时，它张大嘴发出了叫声："喵——"这是我第一次听到它叫。化验后，兽医告诉我，由于上一任主人照顾不周，權总早已感染了肺炎和肝炎，双重的折磨让它什么都吃不下，现在满肚子都是腹水。我一听泪水就涌了出来。兽医拿出一张"宠物病危通知书"让我签了字，说："你的猫得放在这儿住院，预付几天的住院费吧。有什么事情我给你发短视频。"

我魂不守舍地回去上班，幸好也没有案子。想起權总，心里一难过，我不由得偷偷擦了擦眼泪。坐在旁边的周东篱似乎是发现了，侧过脸看了我几次，问我："小刘，你怎么了？"见我不吱声，他也没再多问。快要下班的时候，宠物医院突然连发几条信息说權总快不行了，催促我赶紧去见它最后一面。我心里像是被猛扎了一针，眼泪顿时夺眶而出，胡乱抓起包就冲了出去。我能感觉到背后周东篱疑惑的目光。

好不容易穿过下班高峰的车流，等我慌慌张张推开宠物店门的时候，一个姑娘看着我轻轻地摇了摇头说："就差那么几秒，刚走了。"

我流着泪走到笼子边，拨通了沈渊的电话："沈，能不能帮我一个忙，我的猫死了，我想埋了它。"

沈渊从不娇惯我，也不喜欢见我哭，所以直截了当地拒绝了我："你为什么要纠缠这件事？给钱，让医生处理。"

我挂了电话，便问兽医："你们一般怎么处理？"

兽医说:“当医疗废物销毁。”

我不能接受这个结果，哭着打给了周东篱:“周队，我的猫死了，我想埋了它。”

我怕一向比沈渊还高冷的周东篱会拒绝我，又急忙补充说:“我自己动手挖坑，我自己埋，不用你动手，你帮我找个地方就好。”

结果周东篱沉默了一阵，说:“你在哪儿，我马上过来。”

我给周东篱发了个坐标，问兽医要了一个旧枕套，把權总紧紧地裹在了怀里。

周东篱很快就来了，他看了看我，仿佛松了一口气:“我还以为你整个下午魂不守舍是怎么了。”

“我的猫死了，我的猫不重要吗?”

“你的猫当然也重要，但是我更担心你，猫没了，可以再养。”

我抱着權总坐进车后座，掂量着他的话到底什么意思。

半晌，我问周东篱:“有剪刀吗?我想剪它的一撮毛做纪念。”

周东篱说:“不了吧，不要把任何与它有关的东西留下来，否则你会很久走不出来的。”

他很快在山边的一个工业园区找了个地方停下了车。

“这里能看到加油站和一个醒目的路牌，”周东篱说，“我觉得这地方不错，就这里行吗?”

“这地方能记住吗?我以后还想看它。”

周东篱拗不过我，掏出手机定位给我发了个坐标。我确认了就把權总放在地上，掏出一副橡胶手套戴上，徒手给它挖坑。可是泥土很硬，我挖了半天只零碎掏出一点地皮。周东篱看不下去了，蹲下来搂着我的肩膀，硬生生地把我拽了起来，“刚才我问你要不要买工具，你说不要？”

我还嘴硬：“我自己挖就行了。”

周东篱没说话，到车里翻了一根一米长的钢管和一个塑料小兜出来，他把小兜递给我，然后自己拿着钢管开始挖坑，他每挖一阵子就吩咐我把土舀开。

我莫名感动，突然说了一句：“它可能下辈子会变成个姑娘黏着你，报答你。”

周东篱瞟了我一眼说：“干着这么严肃的事情，你就不要说笑话好吗！”

我鼻子一酸，眼泪又掉了出来。他见了，微微叹了口气说：“算了，你还是继续说笑话吧，转移一下注意力。”

“我很自责，我没见上它最后一面。如果它注定是要离开我的，我就不应该让它在宠物医院里遭罪，我应该把它抱在怀里，让它安安稳稳地走。”我哭着说。

周东篱说：“我不同意你的看法，正是因为你爱它，它也能感受到，所以在你怀里它更是不能安安稳稳地走，如今应该是最好的结果了。”

我以为周东篱只会挖一个仅能容下權总的坑，结果他很费了一番工夫，挖了一个很深的坑。

他把钢管扔在一边，说：“试试吧。”

我脱下橡胶手套，又摸了一下權总的毛。我想把它蜷缩成它曾经很喜欢的睡姿，可是它已经僵硬得无法配合了。我就拈了枕套的四个角把它裹起来，轻轻放进坑里。填土的时候，我做得无比迅速，生怕自己会停下来，然后就舍不得了。

我突然看着周东篱说：“我会在我的小说里一直养着它。”

周东篱苦笑道：“三十好几了还这么不稳重。”

“没想到我跟它的缘分只有四天。”

“小刘，你相信轮回吗？”

“什么？”

周东篱看着那新掩埋起来的小土墩说：“也许，来生为人，20 年后，便是忘年交。”

在一瞬间，我觉得这话不像出自向来睿智的周东篱之口，但我又真的把话听进去了，木然地点了点头，看着埋葬檵总的地方久久出神。

见我还傻愣着，他用肩膀碰了碰我：“别看了，饿了吧？现在一起去吃个饭，走吧。”

# 后 记　如果爱

现在是2018年，距离我2012年离开刑警队已经整整6年。刑警队不会缺我这样一个年纪渐大的女刑警，但那9年，浓缩了我整个青春。这6年里，我经常后悔当初的决定，怀念彼时的工作。

记得我刚穿上警服那会儿是个蝉声浓密的夏天，我在警校参加初任培训，6点钟天刚亮就要爬起床。我每天躺在床上眼巴巴地等着下雨，这样就不用去跑山头，但能如愿的时候很少。我们每天穿的衣服湿了又干，干了又湿，反复三四次下来，觉得全身都渍满了盐巴。我记得第一次置身犯罪现场的高压气氛，第一次进村缉捕时害怕的心情（当时的情形也像我小说里写的一样，队长怕村里的狗伤害到我，让我走在中间），第一次彻夜无眠的审讯……以前觉得无趣，甚至苦不堪言的日子，现在被记忆篡改得只剩下了美好，这就是岁月的魅力。

张爱玲曾这样说:“你问我爱你值不值得，其实你应该知道，爱就是不问值不值得。”

是我主动离开了刑警队，但公安队伍都是难进易出的，面对痛失所爱，人很多时候也是束手无策。我一直想用某种途径来延续我的刑警生涯，直到2016年才有了契机。当时我写了几篇文给公众号“脑洞故事板”投稿，板板得知我曾做过刑警，就跟我谈：“你可以写一些破案故事的。”我何尝没有想过，怕写得不如所想，近乡情怯，我立即回绝：“我不会写。”

嘴上虽是这么说，但当后悔与怀念的情绪太过强烈，我真的开始动笔了。“脑洞故事板”宽容地刊登了我初期写的一些并不太成熟的破案故事，读者评价说：“文笔还不如小学生”“逻辑性太弱”“强加感情线”“简直看不下去”……但随着故事越写越多，读者在留言区的挑剔也越来越少，并鼓励我继续写下去。

当相当一部分读者开始称呼我“依依姐”，我才惊觉，我不仅以“我”第一人称视角行文，而且里面有很多与我相关的细节，我落入了以自己的生活经历来写作第一部书的窠臼，比如哈珀·李的《杀死一只知更鸟》(当然她这部书是杰作)。在塑造刘依依这个人物形象的过程中，我或多或少把自己的性情、喜好、行事方式都放到了刘依依身上，但也没有刻意掩饰她的不完美：爱吐槽，贪玩，好吃，傻里傻气，乃至面对感情的飘忽摇摆与小心眼……因为我认为生命不会是一帧一帧被粉饰过、剪辑过的感动，如果说读书“当于无字之处求之”，那么我希望我的读者能从刘依依的不完美里读出她的完美。

我也渐渐发现书写这些关于法治和正义的故事既满足了我的英雄情结，也延续了我未竟的刑侦生涯。我爱上了这件事本身，仿佛回到了我还是刑警的那些年。

后来，“脑洞故事板”准备联系出版这本书。联系前，板板跟我说：“如果看不到《黑雨伞》，我不会去联系的，因为你一开始写得实在太烂了。”写《黑雨伞》之前的所有案子，一共才花了4个月。写《黑雨伞》的初稿只用了几天，但完成之后，一位热爱读书的建筑工程商朋友给它加了148个背景批注，洋洋万言，逼着我从2017年的1月改到了3月，历时3个月，才成为现在的《黑雨伞》，它将我前面写的案子一下子全都秒成了渣渣。《黑雨伞》对我的创作观影响甚大，修改它的过程，对我而言就是一份具体的“作业”，它潜移默化地对我的思维模式和写作技法做出了较为全面的整改。将第一部的稿子交给编辑后，敬业的编辑小姐姐阅后很不满意，指出了我稿件的诸多问题——从语法、用词、故事逻辑、主线发展到人物刻画，文档上满满的都是红色批注。为了提高稿件质量，她一方面给我各种写作笔记；一方面对我从严要求，要求我把前几篇案子都按照后几篇的水准推倒重来。经过大半年的来回修改，我重写了第一篇，原本刊登在网上的第二、三、四篇由于写得实在太烂，在实体书里都删除了，替换了一篇新的，最后还加了一个小番外，才成了现在的样子。一摞反复修改过的稿件叠起来足有15厘米高，一看到那座“小山”，我就会想：改了这么久、这么多，真是“路漫漫其修远兮”呀！

此外，在工程商朋友的帮助下，我还重新绘制了故事发生地“江州市”地图，把整本书中的故事发生地，甚至两个发生地之间的距离都修改了一遍。在刚开始写的时候，我的构思不够成熟，笔触也相对稚嫩，第一部的案子基本上是相对独立的，故事的张力尤为不够，所以在第二部里我有意识地将案子做成了精巧的案中案。细心的读者可能会发现，在《黑雨伞》一案中，其中一个犯罪嫌疑人张齐因“出了点状况”进了ICU抢救。他到底出了什么状况呢？这是我留给第二部的一个小伏笔。正如“蝴蝶效应”，南美洲一只小小的蝴蝶轻轻扇动了一下翅膀，可能就会在遥远的国度引起一场飓风，罪案也是一个动力系统。

听说，人这一生能有两次遇到真爱的机会，而往往当你意识到这是真爱的时候，第一次已经错过了。谢谢这本书，让我可以对我依然深爱着的刑警生涯做出足够多的弥补，如果您能相伴，我会一直爱到故事的最后。

第二部更精彩，敬请期待。

火罐大公举

2018年6月

女法医勘查手记

入骨相思

FONGHONG
凤凰联动出品